Ben Schalen

Der Wintersenner

Der Wintersenner

Ein Roman

von

Ben Schalen

Vorbemerkung:

Alle Namen von Personen, Dörfern und Gegenden sind frei erfunden. Ähnlichkeiten mit lebenden Personen oder existierenden Ortschaften wären rein zufällig und sind nicht gewollt.

Widmung:

Die Geschichte sei all jenen Menschen gewidmet, die sich die Freiheit nahmen und nehmen Althergebrachtes zu hinterfragen, zu bezweifeln und den Mut haben, eigene Weg zu gehen.

Inhalt:

	Seite
1. Der Entschluss	7
2. Der Sommer davor	22
3. Der Herbst	52
4. Der Almwinter:	74
5. Die Lawine	86
6. Der Frühling	103
7. Der Sommer danach	122

1. Der Entschluss

„Diesen Sommer scheinst du aber viel vor zu haben, auf deiner Alm", meinte die Bäuerin, von der Hias gerade einen 50 kg Sack Kartoffel gekauft hatte. Er schmunzelte etwas und lächelnd lud er das staubige Gebinde auf seinen kleinen Pferdewagen, bezahlte den geforderten Preis, verabschiedete sich und lenkte sein Fuhrwerk aus dem Oberdorf hinauf in Richtung der Vörpnesser Hochalm.

Die Bäuerin hätte noch viel mehr gestaunt, wenn sie hätte sehen können, was er sonst noch alles geladen hatte: Einen Sack Weizenmehl, einen weiteren mit Maisgries und einen mit Gerste, jeweils 5 kg Salz und Zucker, ein großes Stück geräucherten Speck, Fladenbrote und seine warme Winterkleidung, alles auf seinem Fuhrwerk unter einer Plane verborgen.

*

Bereits vor einer Woche, beim Almauftrieb, hatte er mit derselben Menge an diesen haltbaren Lebensmitteln und dem üblichen Vorrat für den Sommer als Hirte den Weg zur Alm angetreten. Damals folgte das Weidevieh seinem Fuhrwerk, angetrieben und zusammengehalten von den Stockhieben einiger Bauernburschen. Die Bauern, die ein Almweiderecht besaßen, ließen eine große Zahl von Jungrindern, zahlenmäßig eine eher noch größere Herde von Schafen und einige wenige Ziegen auf die Alm treiben. Bis zur Hütte hatte Hias einen Vorsprung vor den Treibern von über einer Stunde. Er band erst das Pferd an, öffnete die Eingangstür der Almhütte, die weder im Sommer noch in der Winterzeit je abgeschlossen wurde. Er sah sich in der Küche, in seiner Schlafkammer und in der Speisekammer kurz um: Es schien alles so zu sein, wie er es im letzten Frühherbst verlassen hatte.

Dann spannte er das Pferd aus, tränkte es am Wassertrog und ließ es das frische Grün nahe der Hütte weiden. Das Fuhrwerk wurde anschließend in altbekannter Manier entladen und alles am passenden Ort verstaut: die Kochzutaten in der Küche, die Vorratsgebinde an Mehl, Mais und die Brote in der trockenen Dachkammer, die Kartoffeln in dem in den Hang gebauten Keller, der durch eine Tür von der Küche aus zugänglich war. Er war gleichzeitig eine Art stets relativ gleichmäßig temperierter Speisekammer und ein Vorratsraum für kühl aufzubewahrende Güter wie Butter, Käse und Milch, im hinteren Bereich auch für die im Dunklen aufzubewahrenden Kartoffeln, Rüben oder Karotten.

Beim Schultern des Mehlsacks spürte er ein Stechen im Bereich der rechten Schulter. Der schwere

Kartoffelsack brachte dann das alte Leiden, das er sich bei der Holzfällerarbeit im Wald im vergangenen Winter zugezogen hatte, wieder in Erinnerung. Ein stechender Schmerz zog durch seine lädierte Schulter und strahlte bis ins Genick, ja sogar bis in die Finger der rechten Hand aus.

Wie gerne war er immer dabei gewesen, bei der Holzarbeit im verschneiten Winterwald, als er noch ein kraftstrotzender junger Mann war. Aber nach und nach wurde ihm die Freude an der harten Arbeit in der frischen Luft genommen. Es wurde von Jahr zu Jahr hektischer und trotz der modernen Geräte, die immer mehr die alten ablösten, nicht leichter. Hatte man, als er sechzehn, siebzehn Jahre alt war, noch nach jedem gefällten, größeren Baum eine Pause, gleichsam einer kleinen Feier über das Gelingen eingelegt, so zählten nun plötzlich nur noch die Menge an gefälltem Holz, an geschlagenen Kubikmetern. Alles wurde im Eiltempo durchgeführt. Der Gestank und der Lärm der Motorsägen, die in den letzten Jahren immer häufiger zum Einsatz gekommen waren, trugen zusätzlich zum Unwohlsein bei dieser Tätigkeit bei.

Der Gedanke, dass der kommende Winter wieder einen solchen Verlauf nehmen könnte, stimmte ihn sehr nachdenklich. Wie konnte er dem entrinnen?

Verweigern konnte er die Arbeit nicht. Alternative Beschäftigungsmöglichkeiten sah er keine. Es gab sie schlicht nicht, jedenfalls nicht für die einheimische Bevölkerung. Die Jobs bei öffentlichen Stellen, bei der Post, der Bahn waren fast vollständig in der Hand der aus dem Süden zugewanderten Fremden. Deshalb waren viele junge Leute der kinderreichen Familien auf dem Land gezwungen auszuwandern. Doch auswandern! Daran dachte Hias nicht einmal im Traum. Dafür liebte er seine vertraute Heimat mit ihren herrlichen Bergen, mit ihren Tälern, Wäldern und Almwiesen zu sehr.

Sich ein paar Monate auf die warme Ofenbank legen, und faulenzen!? Das konnte er in seinem Umfeld nicht. Ein Umfeld, in dem nur Leistung und Arbeit zählten, in dem alle einer Beschäftigung nachgingen und war sie auch noch so schlecht bezahlt und anstrengend. Nur Greise und Kranke waren untätig. Nichts Arbeiten, das kam in seinem Dorf damals wirklich nicht in Frage.

„Warum sollte ich mir diese Winterschinderei wieder antun?", fragte er sich. Finanzielle Probleme hatte er keine. Er war unverheiratet geblieben, hatte also keine Familie zu versorgen und nur geringe Ausgaben, wenn er mal ein neues Hemd, eine Hose oder neues Schuhwerk benötigte. Na ja, hin und wieder ließ er auch ein paar Groschen im Wirtshaus, das in der Regel aber nur sonntags nach der Messe, am Vormittag, wenn sich fast alle aus dem Dorf und den umliegenden, weit verstreuten Bauernhöfen bei einem Glas Weißwein oder einem Bier beim Unterdorf- oder beim Rösslwirt trafen und Informationen austauschten oder den einen oder anderen neuen Witz zum Besten gaben.

Es war aber nicht nur die Hektik und der Lärm und der Gestank der Motorsägen, die ihm nun in den Sinn kamen. Es war auch nicht nur der körperliche Schmerz an seiner gezerrten, vielleicht wohl auch überbelasteten Schulter. Vielmehr riss bei dem Gedanken an die Waldarbeit im Winter auch eine seelische Wunde wieder auf, die ihm im vergangenen Winter zugefügt wurde:

Er und zwei rüstige junge Burschen vom Nachbardorf hatten gerade an einem Samstagnachmittag die Geräte nach getaner Arbeit auf dem Traktor verladen, als der Waldbesitzer, der Magnerbauer, zu ihnen stieß. Er sah sich das Werk der drei an und bemerkte vorwurfsvoll:

„Die geschlagene Menge an Holz war schon mal deutlich mehr, nach einer vollen Woche!"

„Wenn man höchsten zweieinhalb ist und für drei gezählt wird, kann man nicht mehr erwarten", meinte darauf frech einer der beiden jungen Kerle. Der Waldbesitzer schaute Hias ins Gesicht und meinte mit einem hämischen Grinsen, dass er wohl inzwischen zum alten Eisen zu zählen sei. Der Blick fiel dann auf die beiden Gehilfen, die sich gegenseitig mit einem verstohlenen Lächeln schadenfrohe Blicke zuwarfen. Das gab Hias einen Stich in der Brustgegend und er fühlte sich sehr verletzt und gekränkt. Er wusste, dass er nicht mehr der Schnellste war, aber, wer den ganzen Winter hindurch schwere Arbeit verrichten musste, der hatte seine Kräfte richtig einzuteilen, wenn er sich nicht völlig körperlich ruinieren wollte. Außerdem hatte er mitbekommen, dass er einen geringeren Tageslohn erhielt. Das hätte er ja noch akzeptieren können. Die als ungerecht empfundene Kritik des Bauern und die Häme der jungen Kollegen aber saß tief. Erst wie ein Kloß im Hals, so dass er darauf gar nicht reagieren konnte. Ja, er brachte in dieser Situation kein Wort zu seiner Verteidigung aus der zugeschnürten Kehle und spürte den unangenehmen Druck des schnellen Pulses in seiner Halsschlagader, der fast seine Adern platzen ließ vor innerer Erregung. War seine Leistung den kargen Lohn nicht mehr wert? Musste er sich mit seinen gerade mal 40 Jahren schon zu den Alten zählen? Tage lang gab ihm dieser Vorfall Anlass zum Grübeln und es schlug ihm auf den Magen. Eine geraume -Zeit lang, hatte er keinen normalen, gesunden Appetit mehr und erbrach mehrmals das Essen.

„Nein, diesen Winter bleibe ich hier, unbemerkt von allen, hier auf meiner Alm!", sagte er sich und zweifelte wohl selbst noch, ob das überhaupt möglich gemacht werden konnte. „Hier kann ich mein eigener Herr sein, zu mir selbst und zu Ruhe finden."

Der Sommer auf der Alm hatte noch gar nicht richtig begonnen und er hatte noch viel Zeit, die nötigen Vorbereitungen zu treffen. Was würde er benötigen für einen langen und harten Winter, isoliert auf der Almhütte? Holz, viel Holz für den Herd! Genug zum Essen! Warme Kleider! Genügend Essensvorräte, die vielleicht größte Herausforderung! Was würde er alles brauchen, um zu überleben, um nicht an Vitaminmangel zu erkranken wie einst die Seefahrer? Butterschmalz und Alpenspeck konnten die Fettlieferanten, hartes, haltbares Bauernbrot und Kartoffeln die Beilagen und Sauerkraut und Karotten, vielleicht auch ein paar Winteräpfel, die Vitaminspender sein.

„Ich mach es!", sagte er zu sich selbst und dabei fielen ihm seine Verwandten ein, die in Hintervörpnes im Tereggental hinter dem Alpenhauptkamm lebten. Es war die Schwester seines Vaters, also seine Tante, die vor Jahren einen jungen Bauern in diesem Tal geheiratet hatte. Zu ihr konnte er vorgeben zu ziehen, noch vor dem ersten größeren Schneefall, um dort bis zur nächsten Almsaison zu verbringen. Das könne er den Leuten glaubhaft erzählen, die sich während der Sommerzeit auf der Alm blicken lassen würden. Mit dieser Erklärung würde niemand stutzig werden und so würde kein Mensch nach ihm suchen.

Das Tereggental liegt abgeschieden auf dem Gebiet der benachbarten Alpenrepublik. In der Winterzeit, solange der hoch gelegene Vörpnesser Sattel als Übergang nicht passierbar ist, besteht praktisch keine direkte Verbindung zwischen den beiden Talschaften. Nach dem ersten Weltkrieg wurde eine künstliche Grenze über den Hauptkamm und zwischen die Talschaften gezogen. Seitdem verkümmerten die Beziehungen zu Hintervörpnes zusehends. So konnte er davon ausgehen, dass niemand aus Vörpnes, seinem Dorf, dort während der Winterzeit auftauchen und sich nach ihm erkundigen würde.

*

Nun war er mit der zweiten Fuhre unterwegs auf „seine" Alm. Vieles, was er diesmal geladen hatte, war bereits für den Winteraufenthalt gedacht. Er führte das Pferd am Halfter den schmalen Weg bergauf durch den nach und nach lichter werdenden Hochwald, durch die Zirbelhaine und vorbei an den Latschenbüschen, die endlich das Gelände freigaben in den baumlosen Weiten der Almwiesen. Über die von der Sonne erwärmten Hänge strich ein wohliger warmer Aufwind und er genoss den vertrauten Duft der Alpenrosen, der von ihm mal stärker, mal schwächer mitgetragen wurde und an seiner Nase schmeichelnd vorbeizog. An einem Viehtrog, den ein Gebirgsquell speiste, gönnte er sich und dem Pferd eine kurze Pause. Beide tranken das klare, kühle Wasser. Dann zog er langsam und genüsslich einen tiefen Atemzug der duftenden Almluft in sich hinein, blickte zurück auf das letzte noch sichtbare, verstreute Gehöft des Dorfes und dessen Wiesen und Felder unten am Waldrand und fühlte, wie sich sein Inneres öffnete. Ein schon lange nicht mehr erlebtes Wohlbefinden machte sich in seinem Körper breit. Jetzt wusste er, dass er sich richtig entschieden hatte.

Der Weg zur Vörpnesser Alm war weit und beschwerlich. Man musste schon gut zu Fuß unterwegs sein, wenn man in drei Stunden es von Vörpnes bis auf den vorgelagerten Almrücken schaffen wollte. Der Weg dorthin wurde vor zwei Jahren bis zum letzten, hoch gelegenen Bauernhof zwar geteert, danach war er aber schmal und steil, steinig und in einem schlechten Zustand, von motorisierten Fahrzeugen nicht befahrbar, vielleicht zur Not und mit viel Geschick und Mut von allradgetriebenen. Im Winter wurde früher dieser schmale Weg genutzt, um das Heu mit den Hornschlitten von den Hochwiesen ins Tal zu befördern. Doch in den letzten Jahren wurde hier oben kein Heu mehr gemacht und auch die besten Flecken der Almwiesen dem weidenden Vieh überlassen. Im Winter wurde der Weg überhaupt nicht mehr betreten und sobald Schnee fiel, blieb dieser unberührt auf ihm liegen.

Die Rast am Wassertrog dauerte nicht lange und Hias gab dem Pferd den Befehl: „Hüh!". Der Haflinger setzte sich brav in Bewegung. Nach einer Dreiviertelstunde erreichte er den Sattel auf dem vorgelagerten Almrücken und erblickte die Almhütte. Sie lag vor einem kleinen Tal, das vom Bergmassiv zu einer engen Schlucht, Klamm genannt, herabführte, am Rande einer etwas breiteren Mulde, ein gutes Stück hinter dieser Anhöhe, friedlich an den Südhang geschmiegt. Ihre zwei kleinen Fenster machten auf Hias den Eindruck, als wären es zwei Augen, die ihn von der Ferne mit Freude begrüßen. Jedes Jahr aufs Neue, und dieses Mal in besonderem Maße, wurde er von diesem Anblick ergriffen. Eine wohlige Wärme füllte seine Brust beim Anblick dieser so friedlich wirkenden Hütte. Es war dies der Beginn seiner bereits zwanzigsten Hirtensaison auf dieser Alm.

An der Hütte angekommen spannte er das Pferd aus, lud den Wagen ab und verstaute den Proviant. Beim Aufhängen des wohlriechenden Bauernspecks überkam ihn ein starkes Hungergefühl, dem er nicht länger widerstehen konnte. Er öffnete seinen Rucksack, nahm Brot, Salami und Käse heraus, goss sich aus der Flasche ein Glas Rotwein ein und ließ es sich schmecken. Erst anschließend machte er Feuer im Herd, um der unangenehmen, feuchten Kälte in der Küche entgegen zu wirken, die er erst jetzt, nachdem die beim Aufstieg entwickelte Körperwärme verflogen war, so richtig wahrnahm.

Ein kleiner Anstieg auf eine Anhöhe oberhalb der Almhütte verschaffte ihm anschließend einen Überblick über den Verbleib der Viehherden. Sie hatte sich in die etwas tiefer liegende Gegend in die Nähe der Baumgrenze zurückgezogen, wohl um in den Genuss des dort bereits kräftigeren Grases auf beiden Seiten des Gebirgsbaches zu kommen. Die Milchkühe sollten erst in einer Woche auf die Almweide getrieben werden. Also hatte er nur das Pferd im Stall zu versorgen, bevor er zu Bett ging und zufrieden nachdenkend einschlief.

Die Zeit, bis der Haflinger von seinem Besitzer wieder abgeholt werden sollte, wollte er nutzen. Bis dahin konnte er versuchen, sich einen größeren Holzvorrat anzulegen. Dazu musste er mit dem Pferdefuhrwerk wieder zurück über den Almrücken und dann hinunter bis in den Hochwald, wo das Holz bereits für die Almwirtschaft bereitgestellt worden war. Viel konnte er aber dem gutmütigen Pferd nicht zumuten. Dafür war der Weg einfach zu steil. Aber es war doch ein Vielfaches dessen, was er auf dem Buckel zu tragen imstande gewesen wäre. So türmte sich nach dem vierten Holzfuhrtag in Folge der Holzhaufen bis unter das Dach der kleinen Holzhütte, die sich neben dem Hütteneingang befand. Für Hias ein beruhigender Anblick!

Die Milchkühe wurden, wie gesagt, eine Woche später auf die Alm getrieben werden. Es waren diesmal zehn Tiere mit schönen, prallen Eutern aber mit hässlich langen Klauen, die ihnen während des Winteraufenthalts ohne Bewegung und Abrieb im Stall gewachsen waren.

„Die werden sie sich schnell wieder kurz laufen bei der Weide auf dem zum Teil felsigen Almgelände", war sich Hias sicher.

Die Treiber der Kühe überraschten den Senner mit zwei Flaschen Schnaps. Das war ein kleines anerkennendes Geschenk der Bauern, die Weiderecht besaßen und deren Vieh Hias nun schon zwei Jahrzehnte hier oben hütete. Er bedankte sich, sagte, dass er den hin und wieder hier oben gut zum Aufwärmen der Kehle gebrauchen könne und bot ihnen eine Brotzeit an, die sie sofort gerne annahmen. Kaum waren sie aber gesättigt, da verabschiedeten sie sich auch schon wieder. Sie wollten den Rückweg ins Dorf ja noch bei Tageslicht schaffen. Der Nachmittag war bereits weit fortgeschritten. So machten sie sich mit dem Pferdefuhrwerk auf den Weg und verschwanden allmählich weit vorne, wo der Weg hinter der Almkuppe ins Vörpnestal hinunterführt.

Hias karrte noch vor Einbruch der Dämmerung eine große Menge an Stallmist auf den Gemüsegarten und breitete ihn aus. Ihn hatte er, wie jedes Jahr so auch im vergangenen Sommer, vor dem Stall auf einem Haufen gesammelt. Er war nun gut abgelagert und bestens geeignet für die Düngung des Mutterbodens im Gemüsegarten. Möglichst bald sollten Kopfsalat und Karotten ausgesät und junge Weißkrautpflänzchen gesteckt werden. Die Zeitspanne, in der die Temperaturen auf der Höhe der Almhütte für den Gemüseanbau ausreichend hoch sind, ist ja so kurz. Die für die Jahreszeit doch schon recht milden Nachttemperaturen und die bereits lange Sonnenscheindauer wollte er nicht ungenutzt verstreichen lassen.

Vor Einbruch der Dunkelheit trieb er die Milchkühe in den Stall, der sich direkt an die Hütte anschloss, band sie an und molk sie. Anschließend gab er ihnen etwas Salz, um ihnen den Aufenthalt schmackhaft zu machen. Er musste sie daran gewöhnen und ihnen einen Anreiz bieten. Sie sollten sich, auf ihren Weidezügen nicht zu weit von der Hütte wegbegeben und abends von selbst in die Nähe des Stalls zurückkommen. Eine kleine Belohnung konnte da hilfreich sein, wie die Erfahrung der letzten Jahre lehrte. Nur so war es möglich, sie ohne allzu großen Aufwand einmal täglich melken zu können. Sie erst auf ihren weit verstreuten Weidestellen zu suchen und in den Stall treiben zu müssen, das wäre ein zu großer Aufwand gewesen.

Einen kleinen Teil der Milch verbrauchte der Senner selbst zu den Mahlzeiten. So zum Kaffee am frühen Morgen, den er sich aus der gerösteten Gerste kochte, oder für den Pfannkuchenteig. Aus der überschüssigen Milch schöpfte er den Rahm ab und stampfte daraus eine vorzügliche Butter, die nur hier oben so herrlich duftete. Des Weiteren - und dafür wurde die Hauptmenge der Milch genutzt - stellte er Käse her, der in einem Regal in der Speisekammer reifen konnte und im Herbst ins Tal gebracht und unter den Besitzern der Milchkühe verteilt wurde. Aus der Butter, die er nicht selbst zum Essen benötigte, bereitete er Butterschmalz. Dieses ist ja wesentlich haltbarer und kann in Holztöpfen über eine lange Zeit aufbewahrt werden. Von diesen beiden haltbaren Milchprodukten konnte er sich eine beachtliche Menge für den Winteraufenthalt auf die Seite legen und nicht abliefern, wenn es ihm gelang, eine überdurchschnittlich große Milchmenge zu erhalten, zu produzieren, würde man heutzutage sagen. Außerdem wollte er versuchen, in den Sommermonaten durch den verstärkten Verzehr von Frischkäse seinen haltbaren Vorrat an Speck und geräucherter Wurst für den Winter aufzusparen.

2. Der Sommer davor

Der Sommer war in diesem Jahr ruhig. Nur einige Male grollten Unwetter am Bergmassiv entlang. Kein einziger Blitzschaden war am Viehbestand zu beklagen. Der Regen war gut über die Zeit verteilt und ausreichend für das kräftige Wachstum der Gräser und für eine gute Weide. Auch die durchschnittliche Temperatur war wieder deutlich zu warm, wie durch die sich anbahnende Klimaveränderung ja fast in jedem der letzten Jahre. Auch kam es weder zu einem verspäteten Wintereinbruch im Juni noch zu einer frühen weißen Schneedecke im September. Dies hatte den Vorteil, dass er das Heu nicht für die Zufütterung des Viehs im Freien benötigte. So konnte die stattliche Heuernte komplett als Reserve im Heuboden auf dem Viehstall verbleiben.

Diese Tatsache brachte Hias nun auf die Idee, sich eine Ziege zurück zu behalten. Wie konnte er das anstellen?

„Ich könnte ja sagen, dass das Tier sich im felsigen Gelände verlaufen habe und wahrscheinlich, wie schon früher hin und wieder vorgekommen, auf der benachbarten, hinter dem Bergkamm liegenden Hintervörpnesser Alm sich unter die dortige Herde gemischt habe. Es würde dann schon wieder im Frühsommer, beim nächsten Auftrieb, von den nördlichen Nachbarn zurückgebracht werden. Wenn die Erkundigungen dahingehend nichts einbringen würden, dann müsse man halt das Schlimmste annehmen und den Verlust des Tieres durch einen Absturz, Blitz- oder Steinschlag hinnehmen", überlegte er.

Beim Beobachten der Viehherden begab er sich in die Nähe des Waldes oberhalb der Klamm. Dabei nahm er eine Kraxe mit. Mit ihr auf dem Rücken trug er jedes Mal etwas von dem reichlich am Waldboden liegenden Fallholz mit in seine Holzhütte. Das waren recht ansehnlich dicke, dürre Äste der Fichten und Lärchen dieses kleinen Waldstücks. Mit einem kräftigen Tritt kürzte er diese auf eine passende Länge, legte sie quer auf die Kraxe, band sie mit einem Seil fest und schleppte sie in die Holzscheune, neben der Almhütte. Am Ende des Sommers hatte er so den Holzvorrat dermaßen vergrößert, dass er in den letzten Tagen auf ein weiteres Sammeln verzichten konnte und musste, wollte er nicht das Holz außerhalb der Scheune ohne Überdachung stapeln.

„Was willst Du denn mit so viel Holz, Hias?", hatte ihn einer der wenigen Besucher gefragt, dem die übervolle Scheune aufgefallen war.

„Man kann hier auf der Höhe nie wissen, welche Kapriolen das Wetter schlagen wird!", hatte er darauf etwas ablenkend geantwortet. „Und auf eine warme Wohnküche möchte ich nicht verzichten müssen."

*

Während des Sommers machte der Senner nicht nur möglichst viel Heu und stapelte es im Heuboden über dem Stall. Er legte auch einen beachtlichen Vorrat an Streu an. Diese lagerte er neben dem Heu, so dass beides zusammen eine dicke, isolierende Schicht auf dem Deckenboden des Stalls ergab. Die Streu gewann er durch das etwas mühsame Mähen des trockenen Bürstlings, einer sehr zähen Grasart, die an den Hängen in großer Menge stand und vom Weidevieh verschmäht wurde. Eine weitere Quelle für die Streu war das Heidekraut, das allerdings beim Mähen noch weniger Freude bereitete, weil es zudem meist auf felsigen Böden gedieh.

Bei diesen Arbeiten hielt er sich auch in etwas tiefer gelegenen Gebieten der weitläufigen Alm auf. Dort reiften die Preiselbeeren in reichlicher Menge in direkter Nachbarschaft zum Heidekraut. Es gab da stellenweise so viele der Beeren, dass ganze Hänge in ihrem Rot im Sonnenlicht erstrahlten. Für die Frauen aus dem Dorf, die diese Beeren gerne sammelten, um daraus eine zwar bittere, aber köstlich schmeckende Marmelade zu bereiten, war der Weg bis dorthin wohl etwas zu weit und zu beschwerlich. Oder sie hatten die Stelle noch nicht entdeckt. Der Hang befand sich am oberen Ende der Klamm, die sich der Bach in dem harten Gestein gemeißelt hatte. Diese Klamm war von der Talseite her nicht, oder nur waghalsigen Bergsteigern und Jägern zugänglich und der Weg von Vörpnes über die Alm dorthin war einfach zu weit. So sah Hias die einladenden Beeren und beschloss, sie zu pflücken und als Marmelade für den Winter haltbar zu machen. Dafür benötigte er gut verschließbare Gläser. Die hatte er in der Speisekammer vorrätig. Den Zucker aber hatte er nicht in ausreichender Menge auf der Alm. Also musste er nochmals in das Dorf absteigen.

Die Blätter verfärbten sich schon gelb als er die Baumgrenze nach unten durchbrach. Im Dorfladen kaufte er drei Kilo Zucker und fünf Kilo Viehsalz, Viehsalz deshalb, weil er die Verkäuferin nicht misstrauisch machen und nicht zur Frage drängen wollte, was er denn mit so viel Salz vorhabe. Außerdem war er sich sicher, dass Viehsalz für Menschen ebenso bekömmlich sei wie raffiniertes. Nur aufgrund der rostroten und braunen Verfärbungen glaubte er, würde es nicht als Speisesalz verwendet werden. Dann packte er noch einige Gewürze, etwas Seife, Zahncreme und einen Schreibblock in den Rucksack. Zwei Flaschen Schnaps vergaß er natürlich auch nicht.

Der Rucksack war dann ganz schön schwer und drückte auf seine Schultern, als er am späten Abend wieder an der Almhütte ankam. Die Milchkühe warteten schon vor dem Stall und muhten, als er sich ihnen näherte.

Also versorgte er die Tiere im Stall, aß eine deftige Brotzeit und nahm einen Schluck aus einer der Schnapsflaschen und sank müde ins Bett. Als er am nächsten Morgen aufwachte, war er nassgeschwitzt. Er hatte einen der unangenehmen Träume, die man gerne wegrationalisiert, sobald man wach wird:

„Er befand sich auf einem Steg an einer steilen Wand und musste, innerlich getrieben, vorwärts. Die Felswand wurde immer steiler, ja fast senkrecht und der Steg, der wie eine Stufe in dem Felsen hinein gehauen war, wurde immer schmaler, so dass er nicht mehr weitergehen konnte, aber irgendwie weitergehen musste. Wenn er zurückschaute, war auch der Rückweg nun auf einmal zu schmal und zu steil, um begangen zu werden. Aber er musste ja vorwärts! Verzweifelt suchte er den nächsten riskanten Tritt, wagte ihn aber nicht."

Die Angst im Traum steigerte sich derart, dass er verwirrt erwachte und sich schließlich erlösend vergewissern konnte, nicht in der steilen Wand, sondern in seinem warmen Bett zu sein.

„Wieso träumt man so einen Unsinn?", fragte er sich. „Einen Teil des Gehirns schaltet der Schlaf wohl nicht aus." Er dachte aber auch an die schönen Träume, die er schon genossen hatte: von süßesten Mädchenküssen, und sanften Liebkosungen mit traumhaft schönen, unbekannten Frauen oder Frauen, die er nur mal ganz kurz gesehen hatte, von herrlichen Bergtouren, die ohne Mühe in strahlendem Sonnenschein gemacht wurden, von riesigen gefällten Baumstämmen, an die er sich stolz anlehnte und über die er kaum schauen konnte, von Bauern, die des Lobes voll waren nach der Getreideernte und mit der Schnapsflasche ankamen, bis zum Genuss von köstlichen Wienerschnitzeln oder Kaiserschmarrn, wonach sein Mund noch beim Wachwerden voller Spucke war. Auch von Abstürzen von immer wieder ein und demselben Berg träumte er oft. Und diese Träume waren wunderbar. Die Abstürze gingen nämlich nach einer kurzen Schreckenssekunde jedes Mal in einen sanften Gleitflug über, der ihn über Bergklippen und Baumwipfeln hinweg fliegen, ja schweben ließ und an seinen nach hinten ausgestreckten Armen flatterten die Hemdsärmel wie Flügel im Wind. Er konnte dabei durch die Armbewegungen lenkend eingreifen und über grüne Wiesen, im Wind wehende Kornfelder und Bauernhöfe gleiten, um dann sanft auf einem weichen Moos auf beiden Füßen zu landen.

Besonders schön empfand Hias die Träume, die ihn sexuell erregten, aus denen er aber meistens leider vorzeitig erwachte. Warum, dachte er, würde er nur so oft von Dingen träumen, die er so noch gar nie erlebt hatte.

Seine große, kurze Liebe zu Barbara kam ihm da spontan in den Sinn. Das war kein Traum. Aber eigentlich doch einer, der nur leider viel zu schnell und zu abrupt zu Ende ging.

Barbara war als blutjunges Mädchen zum Magnerbauern gekommen, war erst im Haus behilflich und wurde im darauffolgenden Jahr Magd auf dem großen Hof. Hias hatte damals als junger Knecht bei diesem Bauern gedient und war in einem Alter, in dem man sich gerne nach dem anderen Geschlecht umsieht. Die grazilen Gliedmaßen und die makellose Haut Barbaras hatte er von Anfang an bewundert. Sie aber hatte seine Blicke nicht erwidert und war ihnen stets ausgewichen oder tat so, als hätte sie sie gar nicht bemerkt.

Im Juli jenes Jahres wurden beide auf die Hochwiese geschickt. Dort war es an der Zeit, das Gras zu mähen und Heu zu machen. Hias mähte am Wiesenhang eine Reihe nach der anderen und beim Zurücklaufen, die Sense über der Schulter tragend, sprach er jedes Mal Barbara an:

„Ein sattes, schönes Gras haben wir dieses Jahr und viel. Ist dir das Ausbreiten nicht zu schwer? So einem zarten Mädchen wie dir?"

„Nein, das schaffe ich schon", antwortete sie ohne ihm in die Augen zu sehen und warf mit der Heugabel das Gras auseinander. Er aber hackte nach:

„Also, wenn du eine Pause machen willst, musst du es nur sagen. Wir schaffen die Wiese heute mit Leichtigkeit, ohne uns dabei beeilen zu müssen."

Zur Pause setzten sich die beiden dann so gegen neun Uhr auf die Holzbank in dem Heuschober und aßen Schinken und Käse zum harten Bauernbrot. Hias zog eine Flasche Leps aus seinem Rucksack, ein sehr verdünnter Rotwein, das gängige und günstige Getränk auf dem Hof, und bot es ihr an. Da sah er das Leuchten in ihren schönen braunen Augen und konnte den Blick nicht mehr von ihr wenden.

„Wie bist du nur schön!", schmolz er dahin. Sie errötete, trank aus der Flasche und drehte sich beim Trinken von ihm weg. Dann nahm sie ihre Heugabel, schaute zu Hias und sagte:

„So, wollen wir wieder ran an die Arbeit?!"

Hias blieb verzückt an ihren Augen kleben und freute sich über ein verschämtes Lächeln von Barbara: Das waren so sanfte Konturen des

Gesichts, so eine glatte, nur leicht gebräunte Haut, so ein weiches Haar und so vielversprechende, wohl geformte Lippen! Was würde er nur geben, könnte er die Zuneigung, die Liebe dieses Mädchen, gewinnen.

*

Liebe

ein mächtiges Gefühl

man kann sie nicht kaufen

kann nicht nach ihr laufen,

man kann sie nicht suchen

kann sie auch nicht buchen

sie taucht urplötzlich auf

und nimmt ihren Lauf

füllt wohlige Wonne

wie wärmende Sonne

in den Bauch und ins Herz

doch wenn sie vergeht

eine Leere entsteht

voll Kummer und Schmerz

*

„Doch was ist Liebe eigentlich?", fragte sich Hias. „Liebe halte ich für ein mit dem Verstand nicht vollständig erklärbares, starkes Gefühl der Zuneigung zu jemanden oder etwas. Man kann Dinge lieben oder, besser gesagt, mögen, wie zum Beispiel schöne Steine oder Berge. Man kann Pflanzen lieben, wie zum Beispiel die in Bescheidenheit wunderschön blühenden Alpenrosen oder manch herrlich knorrigen Bäume. Man kann Tiere lieben, wie eine Ziege, die einem mit ihren tiefgründigen, geschlitzten Pupillen anschaut, durch einen hindurchschaut und einen am liebsten mit ihren Hörnern vor Freude sanft anstupsen möchte, wenn man sie füttert oder tränkt. Noch mehr kann man einen Hund lieben, der auf jede Aufmerksamkeit emotional reagiert und bereitwillig Befehle ausführt. Doch diese Zuneigung ist nicht vergleichbar mit der Liebe, die sich zwischen zwei Menschen aufbauen kann, zwischen gleichgeschlechtlichen, zwischen Eltern oder Großeltern und Kinder, zwischen Geschwistern und in besonders intensiver Weise zwischen einem sich liebenden Paar.

Bei der Zuneigung zu den eigenen Kindern und Enkeln mag neben der bereits vorliegenden Sympathie auch noch der ureigene und unbewusst wirkende Trieb der Arterhaltung eine große Rolle spielen. So wie bei der Liebe eines Mannes zu einer Frau die tief in uns steckende Sehnsucht und der innere Drang der Fortpflanzung der eigenen Art einen zusätzlichen, unwiderstehlichen Impuls auslöst, der die ohnehin bereits gefälligen, äußeren und inneren Werte und die empfundene Schönheit beim Partner verstärkt. Was aber ist ausschlaggebend dafür, dass eine Zuneigung, eine Liebe entsteht?

Es sind Kleinigkeiten. Bei einer Katze kann es die Art sein, wie sie sich an einem herankuschelt, wenn man sie streichelt, bei einer Tomatenstaude kann es der Duft sein, den sie versprüht, wenn man sie ausgeizt, beim Wald kann es die Vertrautheit, Geborgenheit und zugleich die Märchenhaftigkeit sein, die einem in den Bann zieht, wenn man ihn betritt, bei einem Kind können es die leuchtenden Augen, die Stimme oder die glänzenden Haare sein, die unmittelbar Sympathie erzeugen können. Bei einer Frau können es tausend Dinge sein, die den Mann auf sie aufmerksam machen und ihn fesseln: Eine gefällige Haltung, der elegante Gang, die Füße, die Beine, das Gesäß, die Hüfte, die Taille, natürlich die Brust, der Hals, die Haut, der Duft, die Hautfarbe, die Arme, die Ellbogen und die vielsagenden Hände, die Fingernägel, das wohlgeformte Kinn, der Mund mit seinen verführerischen Lippen, die Ohren, die Augen, die

Augenbrauen, die Bewegung und der Glanz der Augen, die Stirn, die Haare, die Haarfarbe, die Frisur und die Kleidung. Dazu kommen die Tonlage und die Lautstärke der Stimme, die Wortwahl, aber auch die Art, wie sich der Mund und das Gesicht beim Sprechen, beim Nachdenken und Lachen bewegen, der Humor, der Geist und als wesentlichster Punkt die Ausstrahlung, die wohl eine Summe all der aufgezählten Dinge zu sein scheint."

Trotz der vielen Möglichkeiten ist es meist ein einziges Element, das die Liebe anbahnt. So war es ja auch bei ihm und Barbara.

Hias mähte die nächsten Stränge voraus, immer den Hang entlang. Sie breitete in einem gewissen Abstand dahinter das Gras zum Trocknen in der Sonne aus. Nach jedem Strang lief er an ihr vorbei zurück, bewunderte ihre Anmut und verteilte Komplimente, bestaunte ihre langen Zöpfe und ihre leuchtenden Augen. Sie solle nicht zu schnell arbeiten, solle sich nicht verausgaben und ihre zarten Hände schonen. Er würde ihr am Ende gerne helfen, wenn sie mit ihrer Arbeit etwas zurückbleiben sollte.

So vergingen der restliche Vormittag und ein guter Teil des Nachmittags. Nun war die Mäharbeit getan, das Gras lag ausgebreitet auf der Wiese und konnte nun und am nächsten Tag in der Sonne zum Heu trocknen. Die beiden gingen in die Scheune, um sich vor dem bevorstehenden Abstieg zum Bauernhof zu stärken. Die Brotzeit schmeckte und gut tat auch ein kräftiger Schluck aus der Weinflasche, den Hias nahm.

„Oh Entschuldigung, jetzt habe ich Dich in meiner Gier übergangen, Barbara!", sagte er und bot ihr nun die Flasche an. „Oder ekelt es Dich, aus derselben Flasche zu trinken, so verschwitzt wie ich bin?" Sie nahm die Flasche in die Hand, trank daraus und schaute ihm dabei lächelnd in die Augen, setzte ab und schleckte mit der Zunge demonstrativ an der Flaschenöffnung, nahm noch einen kräftigeren Schluck, verschluckte sich dabei und hustete. Er klopfte ihr sanft auf den Rücken. Sie lockerte die etwas enganliegende Bluse. Marmorweiße Haut leuchtete ihm entgegen, er fuhr mit der flachen Hand über diesen wunderbaren weißen Rücken, streichelte ihn. Sein Herz pochte und in seiner Hose kribbelte es. Sie genoss seine kräftig derbe und doch so zarte und warme Hand und rückte näher an ihn heran und schlang ihren Arm um seine Taille. Er drückte sie an seine Brust und roch an ihrem Hals und küsste ihre Haut.

"Barbara, du riechst so gut! Ich mag dich so gern!!", stöhnte er und sie erwiderte: „Ich dich auch, Hias!" Und sie taumelten liebestrunken in das noch vom letzten Jahr in der Scheune verbliebene Heu und fühlten und genossen, eng umschlungen, ihre gegenseitige Nähe und Wärme.

Als sie sich wieder erhoben und das Heu von den Kleidern und Haaren schüttelten, bemerkten sie Sepp, den Bauern, der in der halb geöffneten Scheunentür stand:

„Ihr habt wohl gut Heu gemacht!", sagte er mit einem mehr als spöttischen Unterton. Er sah die erröteten Wangen der jungen Magd und bemerkte jenes unverwechselbare Strahlen in den Augen, das man nur bei Liebenden findet. Am nächsten Tag wurde Hias aufgetragen, die Kartoffel zu hacken. Der Bauer wollte selbst das Heu auf der Almwiese in den Schober bringen. Babara sollte ihn dabei unterstützen. Am Abend kam er allein zurück zum Abendessen. Die Magd war nicht dabei. Der Bauer sagte, sie sei zu ihren Eltern, den Kleinhäuslern im oberen Teil des Dorfes gegangen.

Am Tag danach, als alle außer der Bäuerin auf den Feldern zugange waren, holte Barbara ihre Sachen aus dem Schrank, bat um die Auszahlung des ihr zustehenden Lohnes und ließ sich auf dem Magnerhof nicht mehr blicken. Sie ist dann fortgezogen, erzählte man sich, aber sie hat nie mehr etwas von sich hören lassen. Hias erkundigte sich bei ihren Eltern nach ihrem Aufenthalt. Sie aber winkten ab und gaben ihm zu verstehen, dass sie kein Interesse habe, mit ihm eine Beziehung einzugehen. Später, in einem der darauffolgenden Jahre, erfuhr er beim Frühschoppen am Sonntagmorgen, dass sie Mutter eines Sohnes geworden und allein in einer kleinen Wohnung in der Stadt lebe.

Dieses jähe Ende einer so vielversprechenden, gerade sich anbahnenden Liebesbeziehung traf Hias sehr. Zwar ließ er sich nicht anmerken, aber viele schlaflose Nächte, in denen er darüber grübelte und trauerte, waren die Folge des schmerzlichen Verlusts.

„Was mag wohl passiert sein auf der Hochwiese an jenem Tag? Was mag der grobe Bauer mit Barbara wohl gemacht haben, dass sie so reagiert hat, dass sie mich nicht mal mehr sehen wollte danach, nicht mal mehr Ade gesagt hat, einfach fortzog und alles hinter sich ließ?" Mit diesem Bauern wollte Hias nicht mehr unter einem Dach leben. Er konnte seine Abscheu, ja seinen Hass Sepp gegenüber nur schwer unterdrücken und kochte innerlich. So wartete er voller Ungeduld bis Mariae Lichtmess und wechselte dann als Knecht zum Buchner, einem anderen Bauern im Dorf.

Dieser Mann war gut angesehen in Vörpnes. Er war der Sprecher und Verwalter der Bauern, die Weiderecht auf der Vörpnesser Alm besaßen. Er bot noch im selben Jahr Hias an, als Senner auf die Hochalm zu ziehen. Das erste Jahr könne ihn der alte Senner noch in die Arbeit dort oben einweisen. Hias sagte sofort zu und war dann Jahr für Jahr während der Sommermonate auf der Alm. Da oben, weit weg vom Magnerbauer, da fühlte er sich wohl. Und dass unter den Milchkühen und dem Weidevieh auch etliche im Besitz des Magnerbauern waren, die auf der Alm „Sommerurlaub" machten, berührte Hias nicht weiter. Die Tiere konnten ja nichts dafür, dass sie Eigentum eines solchen Bauern waren.

An einem Samstag im Juli des laufenden Jahres kam er aber unerwartet doch wieder stärker in Kontakt mit dem Magnerhof. Es war allerdings nicht der Bauer, der ihn auf der Almhütte einen Besuch abstattete, sondern, überraschende Weise, Lena, seine Frau, die Bäuerin.

Wie jedes Jahr an jenem Sommerwochenende waren alle größeren Bauern von Vörpnes wieder unterwegs in die entfernte Stadt, um die Landwirtschaftsmesse zu besuchen. Unter ihnen befand sich auch Sepp.

Dieser Ausflug der Bauersleute gestaltete sich normaler Weise so, dass die Männer nach Begutachtung der neuesten Geräte und vielleicht auch nach der einen oder anderen Bestellung derselben in einer Gaststätte am Rande der Stadt ihre Eindrücke und Meinungen austauschten und dabei bei manch einem Glas Rotwein und beim Kartenspiel die Zeit vergaßen. So war es dann die Regel, dass der letzte Linienbus nicht mehr erreicht und deshalb in der Gaststätte übernachtet wurde. Die Heimkehr fand dann fast schon regelmäßig erst am Sonntag statt.

*

Die Bäuerin hatte die Schande, die er ihr mit der jungen Magd zugefügt hatte, wohl bemerkt, auch wenn sie so getan hatte, als wüsste sie von nichts. Ihr weibliches Gespür hatte ihr gesagt, dass das junge Mädchen nicht von ungefähr Hals über Kopf mitten im Sommer davongelaufen sei. Und es blieb nicht nur bei dem einen Seitensprung des Bauern, den sie mit innerem Grimm zu schlucken hatte. Nun hatte sie keine Skrupel mehr, nutzte die Abwesenheit des Bauern und trat früh den Weg zur Alm an, wo sie so gegen Mittag eintraf.

„Ja, Bäuerin, kommst du heute höchst persönlich nach eurem Vieh zu schauen und Bergkäse zu holen?", fragte Hias, der sich gerade ein kleines Mittagessen in der Küche zurechtmachen wollte.

„Ich möchte mal nach dem Vieh schauen und auch nach dir und frischen Käse könnten wir auch in der nächsten Zeit gut gebrauchen für die Freitagsbrotzeiten auf dem Hof", antwortete sie mit einem Schmunzeln, legte den Rucksack ab und nahm auf der Küchenbank Platz.

„Was kochst du dir denn da? Soll nicht lieber ich dir schnell einen Kaiserschmarrn bereiten? Den hast du doch immer so gern gegessen. Ein paar Äpfel habe ich in meinem Rucksack mitgebracht und Mehl, Eier und Butter hast du doch bestimmt hier."

Da konnte Hias nicht widerstehen und er überließ ihr die Herrschaft über den Herd.

„Schau mal in meinen Rucksack, da steckt eine Flasche Rotwein drin. Mach ihn auf und gieß uns mal ein Gläschen davon ein", sagte sie und band sich die Schürze um.

„Ach, danke, trinken wir ihn lieber nachher zum Schmarrn. Ich geh noch ein bisschen Holz hacken, bis du fertig bist mit dem Kochen", antwortete Hias und ließ sie in ziemlich unhöflicher und unfreundlicher Weise allein in der Küche zurück.

Als er wenig später von ihr zum Essen gerufen wurde, wusch er sich erst am Brunnen vor der Hütte die Hände und trat ein. Der Duft seiner Lieblingsspeise schlug ihm beim Öffnen der Haustür entgegen. Die Bäuerin saß schon am gedeckten Tisch. Auch er nahm Platz und bemerkte, als er mit seiner Gabel den ersten Happen zum Munde führte, die zwei randvoll eingeschenkten Rotweingläser. Die Bäuerin hatte die Schürze und Jacke ausgezogen und saß um die Ecke am Tisch, rückte aber gleich an Hias heran, als er Platz genommen hatte.

„So Hias, heute lassen wir es uns gut gehen! Zum Wohl!", sagte sie und als sie sich beim Griff zum Weinglas leicht nach vorne beugte, streifte ihre Brust seine Schulter. Hias bemerkte sehr wohl, dass dies nicht unbeabsichtigt war. Ihr verschmitztes Augenleuchten hatte er schon bei ihrer Ankunft entdeckt. Er hatte dies aber auf die gute Stimmung und die Freude nach dem Erreichen der Almhütte zurückgeführt. Nun aber überkam ihn ein eigenartiges Gefühl, das er schon lange nicht mehr hatte. Es übertönte den Duft und den Genuss seiner Lieblingsspeise.

„Jetzt bist du schon so lang auf der Alm und allein. Geht dir da nicht manchmal etwas ab? Ich meine nicht nur ein gutes Essen auf einem gedeckten Tisch.

Kommt man da nicht auch auf andere Gedanken, als rüstiger Mann, wie du es ja bist?"

„Wenn du die Frauen damit meinst, dann sag ich dir, dass ich nicht hier oben wäre, wenn sie mir abgingen", antwortete er, noch etwas in der Position des Verteidigers. Sie aber schaute ihn wieder halb verschmitzt, halb unschuldig, halb lüstern und Mut machend an. Und in seinen Augen erkannte sie nun ein aufloderndes Feuer, das er nicht mehr unterdrücken konnte.

„Prost! Wie schmeckt dir denn mein Kaiserschmarrn?"

„Gut, Bäuerin, und beim Wein hast du auch nicht gespart. Der treibt einem gleich die Hitze ins Blut!", meinte er und nahm einen weiteren kräftigen Schluck.

„Ja, ich meine es halt gut mir dir!", sagte sie vieldeutig und rückte so nahe an seine Seite, dass er, immer noch schüchtern und unsicher, etwas zurückzuckte.

„Ja, Hias, die Luft ist kühl hier oben. Da kann man etwas Körperwärme gut vertragen, nicht?", sagte sie und ließ ihre Hand über seinen Oberschenkel streifen. Da schluckte er und spürte, dass ihn seine Gefühle übermannten.

„Weißt du, dass du mir schon immer gefallen hast! Schon als Kind in der Schule, als du beim Völkerball auf dem Schulhof dich so flink aus der Schussbahn bewegt hast und so kräftig den Ball schleudern konntest, habe ich dich bewundert, als kleines Mädchen. Du warst da schon groß und stark."

„Ja, Bäuerin, du hättest mir schon auch gefallen, später, als ich dich auf dem Tanzboden auf der Kirchweih im Dirndl sah! Aber der Bauer hatte halt die besseren Karten, konnte dir etwas bieten, eine Zukunft geben!"

„Das Rad der Zeit lässt sich nicht mehr zurückdrehen!", erwiderte sie und schmiegte sich nun an seine Seite. „Machen wir das Beste aus dem, was ist!"

Sie legte ihren Arm um seine Schulter und spürte, dass sein Widerstand und seine Scheu am Erlöschen waren. Er führte seinen rechten Arm um ihre Hals, seine Hand ließ er dabei auf die nackte, warme, weiche Brusthaut fallen. Was für ein schönes Gefühl!

Ein vorsichtiger Blick aus dem Fenster auf den menschenleeren Weg in Richtung Vörpnes gab ihm die Gewissheit, dass sie für die nächste halbe Stunde wohl ungestört sein würden. Seine Fingerspitzen schob er nun vorsichtig unter den BH. Er ertastete die erregten, erhabenen Brustwarzen und streichelte sie. Die Bäuerin genoss dies eine Weile, drehte sich daraufhin um und setzte sich vorsichtig auf seinen

Schoß. Sie war Mitte dreißig und kein Leichtgewicht, allerdings auch nicht schwer. Gerne trug er diese süße Last, während er seine Arme um die Taille schlang und sie an sich drückte. Sie genoss seinen männlichen, etwas schweißigen Geruch, der in ihre Nase strich, als sie ihn, halb umgedreht, am Halse küsste und von dort sich liebkosend in Richtung Mund vorarbeitete. Da war es ihr mehr als willkommen, als er sie endlich innig küsste, den einen Arm um ihren Hals gelegt, den anderen tastend unter ihrem langen Rock.

Urplötzlich unterbrach sie den Kuss, sprang von seinem Schoß, zog ihren Rock hoch und die Unterhose herunter, wobei sie sich umdrehte und ihm ihre hinteren Rundungen anbot. Widerstand war da zwecklos! Hastig ließ er seine Hose herunter und nahm begierig das Angebot an. Sie beugte sich leicht nach vorne, als er ihre Hüfte mit seinen starken Armen fasste, in sie glitt und so geil zustieß, dass sie ein lüsternes „Ja, jah, Hias, Hi-as" stöhnte, Laute, die in ihm alle Dämme brechen und ihn sofort kommen ließen.

„Ah, schön!", schwärmte sie, als er innehielt.

Er verblieb noch einige Sekunden im feuchtwarmen wohligen Nest, dann verließ er es, drehte sie um, legte sie, so sanft es ging, auf den Hüttenstubenboden, schob ihren Rock wieder nach oben und drang erneut in sie ein, da sie sofort einladend die Beine gespreizt hatte. Nun konnte er langsamer vorgehen, jeden Stoß und das sanfte Gleiten in der wohlig warmen, feuchten Höhle genießend. Sie zog die Beine hoch und genoss sichtlich das Treiben auf dem harten Bretterboden der Hüttenstube. Je langsamer er war, umso mehr erregte er ihre Wollust. Da drückte sie ihn mit den Unterschenkeln der hochgestreckten Beine am Hintern an sich heran und gab mit diesen Druckbewegungen den Rhythmus an, der ihr immer besser gefiel, so dass sie schreiend zum Höhepunkt kam.

Hias ließ daraufhin auch seinem Gefühl wieder freien Lauf und drückte seinen Unterkörper sehr fest an den ihren. So verharrte er eine kurze Weile in ihr, löste sich sanft, erhob sich und wollte sich nun die Hose hochziehen.

Lena aber drehte sich auf die Knie, zog ihm die noch nicht zugeknöpfte Klamotte wieder herunter, drückte ihn auf die Bank und legte ihre Backe auf sein halb ermattetes Glied und spürte alsbald, dass es sich langsam wieder rührte.

Der laute Knall des Gartentors riss sie aus allen Träumen. Da war jemand, der sich der Hütte näherte.

Schnell ließ die Bäuerin von Hias. Er zog sich die Hose sofort hoch und stopfte das Hemd hastig unter den Hosengürtel, während er zur Tür ging. Nach einem kurzen übers Haarstreifen mit der Hand und einem Blick zurück zu Lena öffnete er.

„Grüß Gott Hias!", sagte der junge Jäger, der sich der geöffneten Tür näherte und eintrat. „Und du, Magnerbäuerin, sei ebenfalls gegrüßt und lass es dir schmecken!"

„Ja, wo kommst denn du jetzt her, Hubert? Ich habe dich gar nicht kommen sehen auf dem Weg über die Almwiesen hierher!", sprach ihn Hias an.

„Ja, ich bin durch die Klamm von unten zu euch heraufgekommen, über den Jägersteig", erklärte Hubert.

Die Bäuerin hatte sich recht rasch ihre Jacke umgeworfen und an den Tisch gesetzt. Sie führte einen süßen Bissen des Kaiserschmarrns zum Mund und begrüßte den Ankömmling so, als wäre sie gerade mitten beim Essen. Da erblickte sie im Augenwinkel etwas Weißes auf dem Boden. Es war ihre Unterhose! Innig hoffte sie, der Jäger möge bald seinen Blick von ihr wenden und in die andere Richtung schauen, damit sie das Teil da entfernen konnte.

Hubert wollte sich nur kurz mit der guten Buttermilch auf der Alm laben und dann sofort wieder den Rückweg antreten. Hias holte eine große Tasse davon aus der Speisekammer und reichte sie ihm. Diesen

Moment nutzte Lena und schubste das verräterische Teil mit dem Fuß möglichst unauffällig unter die Eckbank.

Der Jäger trank die kühle Buttermilch aus der Tasse in einem langen Schluck aus, wischte sich mit dem Handrücken seine milchweißen Lippen und fragte Hias, was er schuldig sei. Hias sagte, dass er dafür nichts nehme und dass er ohnehin so viel davon habe, dass er nicht wisse, wohin damit. Da bedankte sich Hubert, schwang sein Gewehr über die Schulter und verließ die Hütte.

„Ich habe noch einen langen Weg vor mir, über den Jägersteig durch die Klamm will ich wieder ins Tal zurück. Vielleicht erwische ich ja noch einen Bock vor Einbruch der Dunkelheit."

„Hast du von deinen beiden Brüdern was gehört. Stehen sie immer noch unter Verdacht und müssen sich verstecken?", fragte ihn Hias noch schnell.

„Ja die dürfen sich nicht blicken lassen! Sonst droht ihnen die Folter. Ihnen schiebt man so Einiges in die Schuhe, was sie gar nicht getan haben. Aber ihr habt ja gehört, wie es anderen ergangen ist. Schuldlosigkeit ist da kein Schutz!", entgegnete Hubert beim Verlassen der Hütte.

„Pass gut auf dich auf! Der Weg ist ganz schön gefährlich und weit!", rief ihm Hias nach.

„Ach, ich geh ihn ja nicht das erste Mal! Bis bald einmal wieder, Hias und Ade, Magnerin!", erwiderte er noch kurz und stieg die Almwiesen in Richtung Klamm ab.

Die Bäuerin aber ging hinter die Eingangstür und fiel Hias um den Hals. Sie küsste ihn auf die Backe und knabberte an seinem stark ausgeprägten Ohrläppchen und spielte mit diesem. Hias bekam Gänsehaut und erwiderte die Liebkosung.

„Dich kann man an den Ohrläppchen aber nicht so gut kitzeln!", sagte er mit einem Schalk in seiner Stimme.

„Ich weiß, sie sind angewachsen, bei mir und beim Bauer genauso. Aber mit Deinen kann man schon was anfangen."

So alberten sie noch eine kurze Weile herum, bevor Lena ihre Heimreise antrat. Sie fasste den Rucksack, holte daraus ein schönes, großes Stück Speck und schenkte es Hias zum Abschied. Der bedankte sich, packte zwei Käselaibe in ihren Rucksack, half ihr in die Trageschlaufen und gab ihr noch einen sanften Klaps auf den Hintern. Sie warf ihm noch ein süßes, wehmütiges Lächeln und einen Handkuss zurück und machte sich auf den Heimweg. Er sah ihr nach und winkte mit den Armen, als sie sich, schon fast auf dem

Almrücken angekommen, nochmals umdrehte und mit dem Taschentuch winkte.

*

Am darauffolgenden Wochenende bekam Hias noch einmal Besuch aus dem Dorf. Es war ein bekannter kleiner Bauer, den alle im Dorf Ferdl nannten. Er schwänzte die Sonntagsmesse und wollte sich stattdessen auf der Alm nach seinem Jungvieh umsehen, wie er vorgab. Er überbrachte Hias die traurige Nachricht vom Tod des jungen Jägers:

„Da Hubert am Tag nach seiner Pirsch durch die Klamm, also am letzten Sonntag, immer noch nicht zuhause angekommen war, machte man sich Sorgen. Sein Vater und drei Nachbarsburschen stiegen deshalb in Richtung Klamm auf, um nach ihm zu suchen. Sie fanden Hubert an einer engen Stelle der Schlucht regungslos am Boden unterhalb eines felsigen Steilhanges liegend. Für ihn kam jede Hilfe zu spät. Sein Kopf war eingeschlagen, ein blutiger Felsbrocken lag neben ihm auf dem schmalen Steg. Steinschlag! Vielleicht ausgelöst von einem Wildtier oberhalb des steilen Felshanges. Keinesfalls war es ein wetterbedingter Felssturz, denn die vergangenen Wochen hatte es nicht geregnet. Die Beerdigung hatte am letzten Freitag unter großer Anteilnahme stattgefunden. Ja es kamen so viele Menschen auch aus den Nachbartälern und -dörfern, dass der Trauerzug kein Ende zu nehmen schien.

Hias traf die traurige Botschaft sehr. Ihm fiel aber auch auf, dass sich Ferdl seltsam neugierig überall umsah. Auch stellte er mehr Fragen, als so unter Bauern üblicherweise gestellt werden:

„Hast du unter der Woche Leute vorbeigekommen sehen? Hat sich Hubert vor seinem Abstieg irgendwie seltsam benommen? Hast du andere Jäger in der Nähe der Klamm gesehen? Wie hat der Rucksack von Hubert ausgesehen? Worüber habt ihr denn gesprochen?" und so weiter, bis Hias ihm verwundert die Frage stellte:

„Glaubt man etwa, dass das kein Unfall war, dass irgendjemand nachgeholfen hat? Hatte Hubert mit den Anschlägen im Land zu tun?" Er bekam aber von Ferdl keine klare Antwort, was wiederum seinen Verdacht noch steigerte.

Am nächsten Morgen machte er sich also auf und ging den Jägersteig hinunter bis zu der Stelle, die ihm Ferdl als Todesstelle beschrieben hatte. Dort schaute er sich um. Er fand keinen blutverschmierten Stein mehr, aber eine Reihe anderer Steine unterhalb des Stegs, die offensichtlich noch nicht lange dalagen, weil ihre Oberfläche noch nicht vom Regen sauber gewaschen worden war. Dies waren aber keine

Felsbrocken, die sich irgendwo aus einer darüber liegenden Felswand gelöst hatten. Dazu fehlten die frischen Bruchstellen und die scharfen Kanten. Sie sahen vielmehr aus wie Steine, die lange in der Erde gelegen hatten und deshalb auf ihrer dem schwarzen Humus zugewandten Seite dunkler waren als auf der der Witterung ausgesetzten. So ein Stein hätte von einem Reh oder einem anderen größeren Wildtier durchaus losgetreten werden können. Aber es waren deren viele unter dem übrigen, frisch heruntergestürzten Geröll, die da an dieser Stelle unterhalb des Steigs auf dem etwas flacheren Gelände bis zum tosenden Bach herumlagen.

Also sah er sich auch noch das Gebiet oberhalb des Unglücksortes an. Dazu musste er einen weiten Bogen nach unten steigen und dann fast bis zum Weg, der vom Dorf zur Alm hochführt, laufen. Über ein Seitental lief er dann über die steilen Wiesen zurück und stand nun etwa zwei Kirchturmhöhen oberhalb der Stelle. Dort sah er tatsächlich mehrere noch recht frische Löcher in dem Wiesenabhang. Sie waren über eine etwas größere Fläche verteilt. Es war sehr unwahrscheinlich, dass diese Steine von zwei kämpfenden Rehböcken oder von Wildschweinen gelöst worden waren. Auch fand er keine Hufspuren dieser Tiere.

Etwas verwundert und nachdenklich machte er sich auf den Heimweg. Er führte ihn über die kargen, zum Teil felsigen Wiesen hoch in Richtung Almkamm. Da leuchtete ihm auf einem etwas flacheren Wiesenstück etwas Helles entgegen. Als er näher hinkam, sah er, dass es ein Taschentuch war. Er hob es auf und betrachtete es und roch an ihm. Roch das nicht nach Lena? War sie etwa hier in Eile entlang gerannt und hat sie es versehentlich verloren?

„Nein, nein! Das kann, darf nicht wahr sein! Sie war bestimmt nicht hier!", war er sich sicher. „Wahrscheinlich hat sie es auf dem Heimweg über den Kamm nach dem Winken nicht richtig eingesteckt und deshalb verloren und der Wind hat es bis hier herunter geweht."

Etwas verwirrt stopfte er das Tuch in seine Hosentasche, setzte nachdenklich den Heimweg fort und erreichte am frühen Abend seine Almhütte.

3. Der Herbst

Die Bauern, die ein Weiderecht auf der Vörpnesser Alm besaßen, hatten ihr Weidevieh am vergangenen Freitag von einigen jungen Burschen ins Tal zu ihren Höfen abtreiben lassen. Es war in einem guten Zustand und auch vollzählig. Nur eine Ziege fehlte. Diese nahm man an, sei wohl entweder einem Unwetter oder dem Berg zum Opfer gefallen oder, was noch wahrscheinlicher erschien, sie hat sich über die Alm-und Staatsgrenzen hinweg unter eine Herde auf der nördlichen Alm gemischt und würde - wie schon mal vorgekommen - im nächsten Jahr vom Senner der Hintervörpnesser Alm zurückgebracht werden. Ein Viehtransport wäre nämlich aufgrund des geringen Wertes des Tieres nicht rentabel gewesen, da die beiden Täler nur über weite Umwege miteinander verkehrstechnisch verbunden waren.

Der Senner sah die letzten Schafe hinter dem Almrücken verschwinden. Da machte er sich auf und holte das Tier, das er an einem Baum im tief vor der Klamm stehenden Waldstück angebunden hatte. Er führte es in den Stall und band es an den Futtertrog und gab ihm Heu, unter das er etwas Gleck streute, eine Mischung aus Roggenschrot und Salz, die die weidenden Tiere so wahnsinnig gerne mögen, weil sie ganz offensichtlich auf der Weide an Salzmangel leiden. Dann tränkte und molk er die Ziege und ließ sie anschließend über Nacht im Stall. Sie gab nicht viel Milch, erst mal nur ein paar Tropfen, aber wenn er sie gut fütterte und regelmäßig molk, konnte er auf eine steigende Milchmenge hoffen. Auch die kleine Menge war eine willkommene Bereicherung seiner Mahlzeiten.

Am nächsten Tag holte er die Weißkrautköpfe hinter der Holzscheune hervor. Er hatte sie vorher geerntet und unter dem klein gehackten Brennholz vor den Leuten versteckt, als diese das Vieh am Vortag abgeholt hatten. Er schnitt sie, in Ermangelung eines Krauthobels, mit seinem großen Küchenmesser zu feinem Kraut. In einem Holzfass vermischte er es mit Viehsalz und stampfte es Schicht für Schicht fest, bis der Krautsaft an die Oberfläche stieg. Ein kreisrundes Brett wurde dann daraufgelegt und mit einem Stein beschwert. So ließ er das Gebinde in der Küche stehen, wo es aufgrund der Raumwärme alsbald blubbernd zu gären begann. Der unverwechselbare Geruch des Gärgases breitete sich in der Hütte aus. Als er nachließ, wusste Hias, dass der Gärprozess und damit die Konservierung dieses vitaminreichen Vorrats beendet war. Nun konnte er es in die kühle Speisekammer bringen und dort bis zum Verzehr aufbewahren.

Das Karottenbeet war weniger auffällig und leichter vor neugierigen Blicken zu verstecken. Eine Schicht der graubraunen Streu reichte aus, um das in den kühlen Frühherbstnächten verkümmerte Grün der Karottenblätter zu verbergen. Die Möhren selbst konnten ja noch gut in der Erde verbleiben bis zum ersten tieferen Frost. Rechtzeitig vor diesem allerdings brachte er sie in den kleinen Keller, der hinter der Speisekammer als kleines Gewölbe in die Erde gebaut war. Dort bewahrte er sie in einer Holzkiste auf, mischte relativ trockene, sandige Erde dazwischen und deckte sie gut mit der etwas feuchteren Gartenerde ab. Die Beschaffenheit des Kellers ließ Hias hoffen, dass es in ihm den Winter über frostfrei bleiben würde. Dafür sprachen seine tiefe Lage in der Erde und seine Angrenzung an die Speisekammer, die sich wiederum direkt hinten an die stets vom Herd erwärmte Küche anschloss.

*

Es war Mitte September. Das Wetter war tagsüber noch recht angenehm warm. Dies nutzten die Murmeltiere und tollten zwischen den Felsbrocken herum, unter denen sie ihre Höhlen gegraben hatten. Sie hatten sich den Sommer über einen dicken Fettgürtel angefressen und waren eigentlich bereit für den langen unterirdischen Winterschlaf. Auch der Heuvorrat, der ihnen wohl mehr als Lager für den

Winterschlaf dienen sollte, war ausreichend angelegt worden. Jedenfalls genossen sie recht zufrieden und ohne jegliche Hetze die letzten warmen, herbstlichen Sonnenstrahlen, meist auf einem der Felsen vor ihren Behausungen.

Wie konnte er ohne Gewehr so ein Tierchen erlegen? Eine Drahtschlinge bot wohl wenig Aussicht auf Erfolg, weil der Hals dieser Geschöpfe nur schwach ausgeprägt ist. Einen Bogen konnte er sich wohl aus einem Eibenast fertigen und einen Pfeil aus Haselnuss-, Hartriegel- oder Schneeballruten. Aber er kannte die Tiere nur zu gut! Sie ließen ihn noch nie so nahe an sich ran, dass er sie mit einem Pfeil hätte erlegen können. Stets saß eines der Tiere als Wächter auf einem Felsen erhöht und warnte seine Artgenossen mit einem schrillen Pfiff, wenn Gefahr aus der Luft oder vom Boden her drohte.

Eine Falle erschien ihm als die bessere Möglichkeit. Dazu stützte er eine etwa einen Zentner schwere Felsplatte vor einem der Höhleneingänge mit vier knapp beinlangen Aststangen auf und stabilisierte das Ganze mit einer dünnen, kleinen Steinplatte, die senkrecht querstand und so den Ausgang der Höhle versperrte. Wollte ein Tier jetzt den Bau verlassen, so musste es dieses Hindernis wegschieben, was zum Einstürzen des „Gebäudes" und zum Erdrücken des Murmeltieres führen sollte. Die nächsten Tage vergingen. Nichts geschah. Der hereinbrechende Winter kündigte sich schon an. Die Bergspitzen trugen eine erste weiße Pracht. Da schaute er nochmals nach seiner Murmeltierfalle und er staunte nicht wenig. Die Falle hatte zugeschlagen, aber kein Tier lag unter der Felsenplatte. Was war passiert? Hias sah sich um. Da erblickte er ein totes Murmeltier etwa fünfzig Meter entfernt auf der offenen Weide liegend. Beim näheren Hinsehen erkannte er, dass es wohl von einem Steinadler erlegt, blutig gekrallt und tot gehackt worden war. Es war noch nicht erkaltet. „Wahrscheinlich eine zu schwere Beute für den Greifvogel!", dachte Hias und trug das noch blutende Tier vor die Almhütte.

Das Aufbrechen und Ausweiden des Tieres stellte ihn vor keinerlei größeren Problemen. Diese Tätigkeit kannte er ja zur Genüge. Jeden Winter wurden neben Schweinen auch Schafe und vor Ostern auch Kitze geschlachtet. So trennte er nach dem Abziehen des Fells das reichlich vorhandene Fett ab, erhitzte dieses nach Zugabe von Salz und Pfeffer und goss es zur Aufbewahrung in ein Tongefäß. Die Fleischteile portionierte er und hing sie nach dem Salzen und Würzen im Dachboden zum Trocken auf. Von den Eingeweiden verwertete er Herz und Leber noch am selben Tag für das Abendessen. Den Rest verscharrte er zusammen mit dem Kopf tief im Gemüsegarten.

Nur das Fell spannte er mit zwei Ästen auseinander und hing es ebenfalls im Dachboden auf, wo es vor ungebetenen Gästen und hungrigen Nachträubern aus der Tierwelt sicher war.

Der strenge Geschmack der Innereien, besonders der Leber, stieß ihm noch ein paar Mal auf, nachdem er sich in sein Bett begeben hatte. Da er nicht einschlafen konnte, holte er sich die angebrochene Schnapsflasche und versuchte mit diesem scharfen Getränk den Magen zu beruhigen.

Das dauerte aber und so überlegte er, wie er an einen weiteren Vorrat für den Winter kommen konnte. Ein bisschen Gämsefleisch könnte seinen Speisezettel in den Wintermonaten bereichern. Diese Bewohner der felsigen Regionen würden mit Sicherheit bald die zum Teil bereits eingeschneiten, höher gelegenen Gebiete verlassen und an der Hütte vorbei in Richtung Klamm streben, wo sie im schützenden Wald dem Winter trotzen und auch nach starken Schneefällen ein karges Futter finden konnten.

Etwas Heu könnte sie anlocken, meinte er, heran an den Brunnen, der etwa dreißig Meter vor der Eingangstür der Almhütte plätscherte. Er bestand aus einer aus Holz gefertigten Rinne, die das dort aus dem Boden quellende, kristallklare Wasser in einen großen

Holztrog führte. Dieser Trog war aus einer Baumhälfte durch Aushöhlen angefertigt worden. Diese so gefasste Quelle stellte die Wasserversorgung für die Almhütte und ihr Nass war stets von fast gleichbleibender, sehr kühler Temperatur.

Eine lange Holzstange könnte man an einem Ende am Trog befestigen, und zwar im Abstand von etwa einem halben Meter zweimal. Das andere, lange Ende der Stange müsste man mit einem etwa mannhohen Ast nach oben spannen. Über einen Draht könnte man diese Sperre von außen unbemerkt aus der Hütte heraus durch einen kurzen Ruck lösen, so dass die vorgespannte Stange mit einem starken Schlag niederkrachen und ein darunter befindliches Tier töten würde. Die größte Spannkraft hat wohl das Eichenholz, vielleicht auch die Esche. Doch davon besaß er keinen Vorrat. Eine Birke passender Stärke könnte es auch tun. Davon standen einige unten im Wald vor der Klamm. Da würde er sich am nächsten Morgen einen passenden, nicht zu dicken Stamm holen. So grübelnd schlief Hias schließlich ein.

*

Der Oktober hatte gerade begonnen. Die ersten Frostnächte krochen mit ihrem grauweißen Schimmer jeden Morgen ein bisschen näher von den Bergen an die Alm heran. Der erste Schnee würde nicht mehr lange auf sich warten lassen. In den letzten Wochen hatte sich keine Seele mehr hier oben blicken lassen. Zwei Jäger waren die letzten Menschen, denen er bei einem seiner Streifzüge in Richtung Waldgrenze begegnete.

„Ja, bist Du noch hier, auf der Alm!?", fragten sie ungläubig, „wir dachten, du seist längst schon über die Berge ins Tereggental zu den Verwandten nach Hintervörpnes gezogen."

„Ja, ihr habt recht", antwortete Hias, „lange darf ich nicht mehr warten, sonst komme ich nicht mehr übers hohe Joch. Der Winter kommt bestimmt bald!"

Die Jäger hielten sich nicht lange im Gespräch mit dem Senner auf. Die Tage wurden deutlich kürzer und sie wollten nicht riskieren, dass sie die Dunkelheit überraschte bei ihrem Heimweg.

So hatte er sein geheimes Vorhaben noch einmal retten können.

*

Auf dem Weg aus dem Klammwald zurück zur Almhütte fand er, sehr zu seiner Freude, echte Steinpilze.

Schon als Kind hatte er immer eine große Freude, wenn er Steinpilze fand. Besonders der erste Moment, in dem er diese prächtigen Gesellen entdeckte, erfüllte ihn erst mit einem ungläubigen Staunen und dann, nach einem zweiten, bestätigenden Blick, mit einem inneren Glücksgefühl.

Jetzt fand er davon ungewöhnlich viele und ganz frische Exemplare mit festem Fleisch, das sich beim Putzen mit dem Taschenmesser schneeweiß präsentierte. Zum Glück hatte er seine aus Schafwolle gestrickte Jacke dabei. Sie zog er aus und band sie zu einer Art Tasche. So konnte er die willkommene Ernte gleich mitnehmen. Aber es waren so viele Pilze am Waldesrand, dass er etliche davon am Ende stehen lassen musste.

Deshalb setzte er am nächsten Tag die Pilzsuche fort und war wieder sehr erfolgreich. Als am dritten Tag sich Regen ankündigte, zog er es vor in der Hütte zu bleiben und mit der Verwertung zu beginnen. Den größten Teil der frischen Röhrlinge schnitt er in dünne Scheiben und legte sie auf Holzbretter zum Trocknen aus: Zuerst einige Tage in der trockenen, warmen Luft der Küche, dann in die kalte, trockene Luft auf den Dachboden. Erst als er die nun noch dünneren Scheiben brechen konnte, sammelte er sie in eine Papiertüte und ließ sie als Vorrat im Dachboden zurück. Einen kleinen Teil hatte er sich an mehreren Tagen hintereinander schon gleich nach der Ernte frisch als Soße mit etwas Speck zubereitet und sie zusammen mit etwas Reis oder Polenta genossen. Gegen Ende dieser Pilzmahlzeiten hingen sie ihm aber doch allmählich zum Halse heraus und er freute sich auf ein Stück Murmeltierfleisch, dem er durch Abkochen und Weggießen des Kochwassers den ziemlich strengen, etwas gewöhnungsbedürftigen, modrigen Wildgeschmack nahm.

Bei einem seiner letzten Ausflüge in den darunterliegenden Wald fand er keine Steinpilze mehr, stattdessen aber Lamellenpilze mit leicht schleimigen, bräunlichen Hüten, an die er sich noch glaubte erinnern zu können. Zusammen mit seiner Mutter hatte er als Kind solche Pilze gesammelt. Sie hatte damals immer einen Test gemacht, der ihr Gewissheit gab, dass es sich um die richtige Sorte handelte. Dazu riss sie eines der Exemplare am Stiel längs in zwei Teile auseinander und kontrollierte, ob es sich schön teilen ließ, ohne zu brechen. Wenn das zutraf, war sie sich ihrer Sache sicher. Dann waren es die köstlichen „Buchlinge", wie sie sie nannte.

Hias wiederholte diesen Test mit Erfolg und war nun ebenfalls überzeugt, die gleiche Sorte gefunden zu haben. Er pflückte die in reichlichen, dichten Büscheln und Zeilen wachsenden, vermeintlichen Buchlinge und nahm sie mit. Noch am selben Abend bereitete er sie sich zusammen mit Zwiebeln und würzte sie mit Knoblauch und frischer Petersilie, die er noch spärlich im Garten fand. Zu dieser schmackhaften Pilzsoße kochte er sich Nudeln. Es schmeckte wunderbar.

Die Nacht nach dieser Mahlzeit verlief dann aber alles andere als ruhig. Den Schlaf durchbrach nämlich ein äußerst wirrer Traum:

„Er fand sich recht lustlos und müde am Essenstisch an einer riesigen Pfanne sitzend, aus der er mit einem Holzlöffel ein Pilzgericht zu sich nahm. Die Menge schien unerschöpflich zu sein und wurde nicht weniger, so sehr er auch mit ihr kämpfte. Er fühlte sich pappsatt und nach kurzem Stochern in der Pfanne übermannte ihn die Müdigkeit vollends und er träumte, dass er, den Kopf auf den Tisch gelegt, einschlummerte.

Da träumte er im Traum, dass er in den Stall hinüberging. Der Raum war in einem schwach beleuchteten, dämmrigen Zustand. Der Boden war weich und mit einem Teppich ausgelegt. Es roch nicht nach Ziegendreck, es duftete nach Frauenparfüm. Von der Decke hingen Fledermaus ähnliche Tiere mit wedelnden, flaumigen, rötlichen Federn und ihre blitzenden Augen spendeten ein schummriges Licht, ähnlich einem Sternenhimmel bei diesiger Witterung. An der hinteren Stallwand hing ein seidenes Tuch, auf dem das Bild einer Sau mit vielen jungen Ferkeln im dämmrigen Licht zu erahnen war. Durch das Stallfenster glaubte er ein gespenstisches Gesicht zu erkennen, das aber gleich wieder verblasste und verschwand. Die Ziege sah so freundlich aus und nahm menschliche Gesichtszüge an, als er sich ihr näherte. Sie lachte ihn verführerisch an, blinzelte mit schönen blauen Augen und langen Wimpern und winkte ihn mit einer Menschenhand zu sich. Er trat noch näher an sie heran. Kein knochiges, mit rauem Fell überzogenes Hinterteil! Weiche, glatte, weibliche Rundungen und Kurven erregten ihn augenblicklich stark. Sein Blick streifte nach unten. Kein tief hängendes Euter der Ziege, sondern schöne, große Brüste einer vor ihm auf Knien und Händen gestützten, auf Erfüllung wartenden Frau! Dieser Anblick konnte Hias nicht kalt lassen. Er griff nach ihren Hüften. Kaum aber hatte er sie berührt, da fühlte er mit seinen Händen nicht die sanfte Haut einer schönen Frau, sondern das struppige Fell und die harten Knochen des Ziegenrückens.

Da schreckte er auf, aus dem Traumtraum zum Traum, und fand sich plötzlich wieder am Tisch sitzend in einer menschenleeren Stube neben der gigantischen Pilzpfanne, verstört, den halb abgeschleckten Esslöffel in der rechten Hand haltend. Da schob er noch einen vollen Löffel in seinen satten

Mund, wollte schlucken, erbrach aber sofort und schleuderte den Mageninhalt in einem weiten Strahl über den Tisch."

Hias erwachte nun vollends aus dem Traum. Oder war es immer noch nicht Realität? Es war ihm speiübel. In seinem Mund fühlte er die beißende Magensäure und sein Bett war vollgebrochen mit sauer riechenden, kleingekauten, noch unverdauten Pilzstücken und Nudelteilen.

Für die folgende Nacht und den Morgen danach war also für Beschäftigung gesorgt. Ein Glück, dass es seinem Magen schnell wieder besserging und er die euterwarme Ziegenmilch wieder hervorragend vertrug.

*

Die Falle für die Gämse stand schon lange wie ein krumm gebogener Schlagbaum hoch über dem Brunnen. Etwas Heu hatte Hias neben dem Trog ausgebreitet, in der Hoffnung, dass der Duft, die nun bald vorbeiziehende Gämse anlocken würde. Aber die Wanderung dieser Felsenkletterer in die milderen Winterquartiere ließ noch auf sich warten.

So machte er an einem jener schönen Herbsttage einen Ausflug hinauf in die felsigen Regionen. Dort wollte er sich einen Überblick verschaffen über das

Verbleiben dieser Bergtiere. Nach längerem Herumklettern am Fuße des Massivs kam er an eine Kuppe, hinter der er die gesuchten Tiere schließlich entdeckte. Es war eine große Herde von vielleicht einem Dutzend Gämsen. Zwei ältere Böcke waren emsig damit beschäftigt, die jungen männlichen Tiere zu vertreiben. Sie kamen sich aber letztlich auch gegenseitig ins Gehege und eine heftige Auseinandersetzung folgte. Es war unglaublich, wie sich die Tiere im steilen Gelände über Felsklippen stießen, verfolgten und dann wieder mit ihren Schädeln und gebogenen Hörnern aufeinanderprallten. Die Geißen grasten indes unbeteiligt weiter.

„Das kann doch nicht lange gut gehen!", dachte Hias und verfolgte das Treiben aus seiner Deckung heraus. Nun trieb der offensichtlich Überlegene des Kampfes seinen Widersacher über die recht steile Felswand in Richtung auf ihn zu. Dieser floh mit akrobatischen Sprüngen von einem Felsvorsprung auf den nächsten. Da bemerkte das Tier den Senner und verlor in Panik die Kontrolle, stürzte kopfüber lautlos ab und schlug etwa dreißig Meter tiefer dumpf auf dem Felsen auf. Hias sah noch ein letztes Zucken mit den Hinterbeinen. Dann lag es regungslos und tot, wohl mit gebrochenem Genick, am Fuße dieses steilen Felshangs.

Der Gamsbock wog wohl mindestens 30 Kilogramm und drückte schwer auf die Schultern des Senners. Hias schleppte ihn mit sicherem Schritt über das felsige Gelände hinab, fasste ihn dann an den Hörnern und schleifte ihn über die darunter beginnenden Almwiesen zur Hütte, wo er ihn sogleich aufbrach und, ähnlich wie das Murmeltier vorher, portionierte, haltbar machte und verwertete.

*

So allmählich schlug die schöne Herbstwitterung um. Nebel zog des Öfteren vom Tal hoch. Die Wolkendecke riss nur noch selten auf, die Tage wurden noch kürzer und grauer. Ergiebigere Schneefälle setzten ein. Ab jetzt durfte er bei klarer Witterung tagsüber kein Feuer mehr machen in der Küche. Die Almhütte konnte man zwar auch von den höchstgelegenen Bauernhöfen am Ende des Vörpnestals nicht sehen. Das verhinderte die Almkuppe, die sich von der Klamm wie ein Rücken bis zum Berg hinzog. Aber gerade in der kalten Jahreszeit wurde normaler Weise mit der Holzarbeit in den höher gelegenen Wäldern gegenüber begonnen. Von diesen Anhöhen aus könnten Holzfäller aufsteigenden Rauch aus dem Hüttenschornstein sehen und auf ihn aufmerksam werden. Da war es ein großes Glück, dass der Holzherd sehr massiv aus Lehm und Natursteinen bestand und deshalb die Wärme für eine längere Zeit speichern, langsam an die umgebende Küche abgeben und somit den Raum tagsüber warmhalten konnte.

Die Frostnächte wurden strenger. Früh, in der Morgendämmerung, zeichnete die Kälte wunderbare Sterne in das Glas der Fenster und Hias bewunderte das aufkommende Licht der späten Morgensonne, das sich in den Eiskristallen tausendfach in alle Regenbogenfarben brach.

Eines solchen Morgens - Hias schaute mal wieder verträumt durch die zugefrorene Scheibe eines Fensters - sah er schemenhaft ein gespenstisches, bärtiges Gesicht, das ihm von draußen entgegenblickte. Es erinnerte ihn an das Gespenst in seinem Traum. Sofort rannte er ins Freie und blickte um die Ecke der Almhütte. Er sah aber niemand. Auch keine Spuren auf dem Boden waren zu sehen. Er war ja hart gefroren.

„Das war wohl nur Einbildung", sagte er sich. Er kontrollierte noch die Umgebung und hatte den Eindruck, dass sich soeben etwas Schemenhaftes im sich schließenden Loch des Morgennebels entfernte. Verdutzt ging er in die warme Stube zurück und spitzte nochmals durch das Stubenfenster. Da war es doch wieder! Er rannte nochmals vor die Almhütte und rief:

„Ist da jemand? Komm doch herein und wärm dich auf!"

Da trat aus dem Nebelschleier ein junger, drahtiger Mann mit einem sehr kräftigen Vollbart, kam auf Hias zu, streckte ihm seine eiskalte Hand zum Gruß hin und ging mit ihm in die warme Hütte. Ohne ein Wort zu sagen näherte er sich dem Herd und rieb sich über ihm die Hände warm. Hias bot ihm ein Glas Ziegenmilch an.

„Danke, guter Freund!", sagte der Mann. „Aber wieso bist Du noch in deiner Almhütte und nicht schon längst unten in Vörpnes, wie alle anderen Almhirten im Lande?"

„Warum wundert der sich über meine Anwesenheit in der Almhütte, wo er doch selbst sich auch hier oben rumtreibt?" fragte sich Hias und hegte einen Verdacht: „Der hat sich nicht hierher verirrt! Der wollte die Hütte wohl als Winterquartier nutzen, sich hier verstecken in der Gewissheit, sie leer vorzufinden! War er auf der Flucht? Vor wem? Vor der Staatsgewalt? Einer der mutigen Freiheitskämpfer oder ein verrückter Aussteiger wie er selbst? Was mag wohl alles in seinem großen Rucksack sein?", grübelte er.

Aber bevor er ihm diese Fragen stellen konnte, bedankte sich der sonderbare Fremdling, schwang den schweren Rucksack um seine Schulter und wollte die Hütte wieder verlassen.

„Vergiss, dass du mich jemals hier gesehen hast! Das ist besser für uns beide!", warnte er Hias und ging auf die Eingangstür zu. „Du weißt ja, wie es dem Hubert ergangen ist, unten in der Klamm. Der musste nur sterben, weil man hoffte, dass man so seine untergetauchten Brüder aus der Deckung locken und schnappen zu können. Sie glaubten wohl, dass sie ihrem Bruder die letzte Ehre erweisen würden und wollten sie dabei festnehmen. Deshalb kontrollierten sie bei der Beisetzung alle Männer, die auf den Friedhof gingen. Die beiden Burschen fanden sie aber nicht. Sie hatten sich unter die Frauen gemischt und waren wie diese mit Röcken und Kopftüchern verkleidet. So leicht kriegen sie die beiden nicht in ihre Gefängnisse und Folterkammern! Die lassen sich nicht fassen, unsere Furstinger Buben!"

„Und wer meint man, hat den Hubert auf dem Gewissen?", fragte Hias.

„Du weißt selber nur zu gut, dass die Polizei wohl kaum in der Lage ist und nicht den Mut besitzt, den Jägersteig zu gehen. So gefährliche und entlegene Gegenden meiden die. Aber sie hat anscheinend ortskundige Helfer", klärte ihn der Fremde auf, verließ die Hütte und stieg in Richtung auf den Sattel zu.

„Was wollte er mir damit noch sagen? Dass man nicht allen trauen kann, die sich als vertrauenswürdige Mitbürger ausgeben, dass Mitwisserschaft sehr gefährlich sein kann in diesen Zeiten, dass massive Folterungen drohen, wenn der Verdacht aufkommt, dass man mit den politischen Anschlägen etwas zu tun habe oder von den Tätern etwas wisse, dass man im Falle von Informationsweitergabe an die Polizei mit Racheakten der Kämpfer zu rechnen habe?"

Darüber nachzudenken verblieb Hias viel Zeit. Auf jeden Fall würde er diese Begegnung vergessen, ja leugnen, wenn er jemals gefragt werden sollte. Aber wer sollte ihn schon in den nächsten Monaten danach fragen? Der Winter hatte schon Einzug gehalten in den Bergen, unwirtlich, menschenfeindlich, kalt. Keine Menschenseele würde mehr im nächsten halben Jahr hier auftauchen.

So hatte Hias in seiner warmen Hütte Muße, über die Freiheit nachzudenken, die vielen Menschen so wichtig ist, für die sie kämpfen, kämpfen wollen, kämpfen müssen, freiwillig sterben, unfreiwillig leiden, sterben müssen:

*

„Wer Freiheit nicht hat,
für den ist der Sinn des Lebens,
nach Freiheit zu streben.
Wer die Freiheit besitzt,
sucht den Sinn des Lebens
sehr oft vergebens.
Doch gibt es „Die Freiheit"?
Engt uns nicht stets etwas ein,
sperrt uns aus, sperrt uns ein,
bedrängt uns,
zwingt uns zum Handeln
oder zum Nichtstun,
zum Innehalten,
zum Lachen, zum Weinen,
zum Grübeln?
Sind unsere Gedanken denn frei:
Eingeengt im eigenen Körper,
gestaltet von einem vorgeformten
und so geerbten Gehirn
in einer bestimmten Umgebung
und Kultur?"

*

Das brachte er noch zu Papier und erinnerte sich an das mit heroischen Bildern bestickte Buch, das den längst vergangenen, unglückseligen Freiheitskampf seines kleinen Bergvolkes wohl etwas verklärt beschrieb. Neben der Bibel und einem recht dicken Buch, das jedes Jahr als Bauernkalender gekauft wurde, weil es die wichtigsten Lostage und den hundertjährigen Wetterbericht enthielt, war es die einzige Lektüremöglichkeit für den damals noch jungen, wissbegierigen Hias. Der Wert und Sinn der Freiheit wurde darin aber nie hinterfragt oder gar in Frage gestellt. „Das sollte man aber grundsätzlich mit jedem Begriff tun", dachte Hias, „selbst mit so allgemein akzeptierten wie der Freiheit."

Seit er des Schreibens mächtig war, schrieb Hias schon immer gerne Gedichte. In der Schule war er der Liebling der Lehrer und Lehrerinnen. Er war ruhig, aufmerksam und wissbegierig, lernte schnell und hatte ein gutes Benehmen. Er stellte aber auch gerne mal Fragen, deren Beantwortung die Lehrer des Öfteren nicht so einfach aus den Ärmeln schütteln konnten. Besonders im letzten Schuljahr, als er sich mit 14 Jahren voll in der Pubertät befand, stellte sein beharrliches und manchmal wohl auch provozierendes Hinterfragen des Lehrstoffs die

Mitschüler und die etwas genervten Lehrer vor eine harte Geduldsprobe. Nichtsdestotrotz ging er aus der Abschlussprüfung der Volksschule als Klassenbester hervor. Die Prüfer meinten, er besäße durchaus das intellektuelle Rüstzeug, auf das Gymnasium oder eine andere weiterbildende Schule in der Stadt zu wechseln, das Abitur zu bestehen und dann auf einer Universität ein Studium abzuschließen. Die finanziellen Verhältnisse seiner Familie ließen dies aber leider nicht zu.

4. Der Almwinter

Der Übergang vom Sommer zum Winter, den man Herbst nennt, dauerte auf der Höhe der Alm nur wenige Wochen. Das lag zum einen daran, dass durch die Klimaveränderungen der letzten Jahrzehnte die Sommer immer wärmer und länger wurden und zum anderen kam es an typischen, späten Herbsttagen im Gebirge häufig zu Schneefällen und Frostnächten, so dass man dies schnell eher als Winter bezeichnen konnte.

Immer häufiger zog nun Nebel auf, der sich tagsüber nicht mehr auflöste und die schwach wärmenden Sonnenstrahlen nicht mehr durchließ. Schneefall setzte verstärkt ein und hüllte die Bergwelt und die Almwiesen in einen weißen, weichen Mantel. Der Tagesablauf war nun recht überschaubar: In aller Herrgottsfrühe im Herd das Feuer anzünden, um bei Tagesanbruch, zumindest an klaren Tagen, es erlöschen zu lassen, so dass in der Stube, oder besser gesagt in der Wohnküche, eine angenehme Temperatur bis zum Einbruch der Dunkelheit erreicht wurde, sich etwas kochen, hin und wieder etwas Wäsche waschen, in der Holzhütte Holz hacken und den Vorrat in der Holztruhe am Herd auffüllen, die Ziege melken, füttern, tränken, mit Streu versorgen und auch ein paar Worte an diese geduldige und, wie es schien, dankbare Zuhörerin richten. Ja, und dann hatte er noch stets darauf zu achten, dass bei Aufklaren, oder wenn die Wolken plötzlich aufrissen, das Feuer im Herd schnell erlöschte und kein Rauch aus dem Schornstein seinen Aufenthalt in der Almhütte verriet.

Da blieb noch einiges an Zeit übrig und Hias holte nun seinen Schreibblock aus dem Schlafzimmerschrank, den er sich für Notizen und Merkzetteln angeschafft hatte, und setzte seinen Bleistift zum Schreiben an. Er wollte ein paar Gedanken zu Papier bringen, weil sie dann irgendwie besser formuliert werden können und besser nachkontrollierbar sind, als wenn man sie nur denkt. Heute wollte er sich mit dem Themen „Glaube und Gott" befassen und da am frühen Nachmittag die Ziege sich in ihrem Stall ruhig verhielt und ganz zufrieden zu sein schien, setzte er sich in der Stube an den Tisch und schrieb:

„Wenn man einen Hinweis hat, kann man etwas glauben. Hat man mehrere Hinweise, so wird man es wahrscheinlicher glauben. Hat man sehr viele Hinweise, so wird man es fest glauben. Sprechen Hinweise gegen etwas und gleichzeitig andere dafür, so werden die jeweilige Stärke und die Anzahl der

Pros und Kontras darüber entscheiden, ob man etwas glaubt oder nicht glaubt.

Nehmen wir als Beispiel den Glauben an Gott. Die Existenz der Welt ist für die Menschen ein Hinweis, dass es einen Schöpfer geben sollte, denn die Erfahrung lehrt den Menschen, dass alles Existierende von jemand geschaffen wurde. Diese Welt, die wir Menschen vorfinden, erscheint mir nun grundsätzlich neutral. Sie ist weder gut noch schlecht, weder schön noch hässlich oder eigentlich beides, so dass sich die Gegensätze aufzuheben scheinen. Was also könnte der Sinn der Erschaffung der Welt sein? Es kann ja nicht die Freude am Leben sein, weil sie durch die Angst und das Leid wieder egalisiert wird. Es kann auch nicht das Glück sein, denn dieses wird durch das Unglück annulliert.

Wie immer man die Welt betrachtet, es überwiegt weder das Positive noch das Negative. Gott wollte also weder Gutes noch Böses schaffen, weder für die Pflanzen noch für die Tiere und erst recht nicht für die Menschen. Das ist nun aber ein Hinweis dafür, dass Gott selbst weder gut noch böse sein sollte, oder krasser ausgedrückt, dass es keinen Gott gibt, jedenfalls nicht den, den wir uns vorstellen oder einbilden, den uns die Mutter daheim als Kind lehrte und der uns vom Pfarrer im strengen Religionsunterricht in der Schule beigebracht wurde.

Einbilden ist ein guter Hinweis, ein Hinweis auf etwas, das wir uns wünschen, das wir postulieren, weil wir uns damit wohler fühlen. Wir Menschen mit unserem Verstand sind wahrscheinlich die einzigen Lebewesen, die von ihrer eigenen Existenz wissen. Wir können die Vorstellung nicht ertragen, dass wir nach dem Tod tot sind. Tot, wie alle Tiere tot sind, wie alle Pflanzen tot sind, nach ihrem Tod. Deshalb bilden wir uns ein oder möchten gerne daran glauben, dass es weiter gehen müsse nach unserem Tod, dass wir einen Geist, eine Seele besitzen, die unsterblich ist: Diese Vorstellung ist für uns wesentlich besser zu ertragen. Aber was ist dann mit den vielen Tieren, die mit unterschiedlichster Intelligenz ausgestattet sind? Haben die auch eine Seele, einen Geist und leben nach dem Tod weiter? Oder besitzen sie vielleicht Teile einer Seele, ein bisschen Seele? Ist diese überhaupt teilbar, besitzt sie überhaupt eine Größe? Gibt es kleine und große Seelen, und hat eine Flechte oder ein Regenwurm dann eine sehr kleine und der Mensch eine große, ein Schaf oder Pferd eine mittelgroße? Dann sollten aber auch die Menschen mit unterschiedlich großen Seelen ausgestattet worden sein, intelligentere vielleicht mit größeren, minder bemittelte mit kleineren.

Je mehr man sich damit beschäftigt, umso mehr verhärtet sich der Hinweis, dass die Seele nur ein Produkt unseres Wunschdenkens ist. Die Gedanken, die in uns vorgehen, die Gefühle, die uns beschäftigen, die Erinnerungen, die uns im Gedächtnis bleiben, sind ja unwiderruflich gekoppelt an unser Hirn, ein Organ, das ja auch alle Tiere besitzen. Wie sollten aber diese Gedanken, Gefühle und Erinnerungen weiter existieren können ohne die sie produzierende und sie speichernde Hirnmasse?

Anstelle von großen und kleinen Seelen zu sprechen, sollte man also lieber von großen und kleinen Hirnen sprechen. An die muss man nicht einmal glauben. Die gibt es nachweislich in unterschiedlichster Größe und Leistungsfähigkeit in der Tier- und Menschenwelt.

Aber jetzt bin ich wohl etwas zu weit abgeglitten vom Ausgangspunkt und dem heutigen Thema, dem Glauben. Nach dem oben Gesagten kann ich an einen guten Gott nicht glauben, ein neutraler wäre eher glaubhaft, aber diese Eigenschaft ist unvereinbar mit dem Gottbegriff, zumindest in unserer christlichen Religion. Bei unseren heidnischen Vorfahren mag das noch anders gewesen sein. Die haben die sie umgebende Natur besser beobachtet als wir es tun und haben dementsprechend an gute und böse Götter geglaubt.

Wie hätte ich als Gott die Welt erschaffen? Hätte ich Katzen erschaffen, die mit lebenden und unter Todesangst leidenden Mäusen spielen? Hätte ich zugelassen, dass das kräftigere Adlerjunge auf sein schwaches Geschwisterchen einhakt, bis es verletzt, von der Mutter vernachlässigt und geschwächt aus dem Nest geworfen wird? Hätte ich zugelassen, dass Menschen die Tiere so schamlos und brutal behandeln? Hätte ich zugelassen, dass Menschen wehrlose Mitbürger quälen, erniedrigen, töten? Nein, als guter, gerechter Gott hätte ich mit Sicherheit Bosheit, Krankheit, Hunger und Leid nicht erschaffen!

Also muss ich mir eingestehen, dass ich nicht an Gott glaube, sondern an die Triebkraft und die Gesetze der Natur und an den Zufall, die, fast wie Verbündete, alles lenken und beeinflussen, frei von jeder moralischen Einschränkung und Bindung. An den Zufall glaube ich besonders, weil es genügend Hinweise für seine Existenz gibt und mir keine einfallen, die gegen ihn sprechen.

Aber der Zufall ist ein Begriff, ein Zustand und kein Wesen. Er beschreibt den Ausrutscher von der erwarteten Gesetzmäßigkeit. Gesetze haben sich selbst aber nur durchsetzen können, weil sie der Zufall anderen Zuständen überlegen gemacht hat. Gesetze und Gesetzmäßigkeiten können sich ändern, wenn zufällig eine neue Situation eintritt, die deren Überlegenheit beendet.

Auf diese Art und Weise haben wir schon gesehen und gelernt, dass sich Pflanzen mal durchgesetzt haben und mal zurückgedrängt wurden, dass ganze Tierpopulationen von der Erde verschwunden und neue Arten aufgetaucht sind, alles ohne dass man darin einen höheren Sinn erkennen kann.

Manche Menschen sehen den Sinn des Lebens darin, Kinder in die Welt zu setzen und groß zu ziehen. Sie vertagen damit die Sinnfindung auf die nächste Generation, die dann aber wieder mit derselben Frage konfrontiert ist. Wann kann so ein Sinn je gefunden werden?

Andere suchen den Sinn darin, anderen Menschen Gutes zu tun. Wenn aber der Sinn dieser anderen Menschen auch nicht gegeben ist, macht auch dies keinen wirklichen Sinn.

So komme ich nun zum Schluss, dass ich glaube, dass die Existenz von uns Menschen, die wir zurzeit glauben, die Welt beinahe zu beherrschen, zufällig und letztlich sinnlos ist.

Eine zufällig entstandene Welt braucht keinen Sinn. Sie existiert einfach.

Eine traurige Erkenntnis? Warum eigentlich? Was ist da so traurig daran zu wissen, dass unser Leben dem der Tiere, unserer Mitbewohner auf der Erde, entspricht, also begrenzt und mit dem Tod vorbei ist? Nehmen wir uns nicht einfach zu wichtig und sehen uns dabei nicht als Teil der Natur sondern ungerechtfertigter Weise als etwas das weit über ihr steht?!"

*

Wissen und Glaube sind Feinde

Glaube ist stärker

er verzichtet auf Fakten

lebt von Emotionen und Träumen

wird nicht hinterfragt

versetzt Berge

spendet Trost

macht Mut

macht aber auch blind

macht Erwachsene zu Kindern

macht Feinde zu Freunden

aber auch Freunde zu Feinden

macht Schafe zu Wölfen

macht Menschen zu Mördern

macht Mörder zu Heiligen

und viele zu Scheinheiligen

und ist eine der häufigsten Ursachen

für Kriege.

*

Das Meckern der Ziege, das aus dem Stall an sein Ohr drang, riss ihn aus seinen Gedankengängen und Meditationen. Außerdem spürte er, dass ein ihm nur zu gut bekanntes Schmerzgefühl in den Gliedern und besonders an den Zähnen sich mehr und mehr Aufmerksamkeit verschaffte, ein untrügliches Anzeichen einer sich anbahnenden Erkältung.

Ein warmer Tee sollte da Linderung bringen und den Ausbruch der Krankheit verhindern. Er goss sich einen Salbeitee auf, und trank große Mengen davon, bevor er sich ins Bett legte und warm zudeckte. Es dauerte aber sehr lange, bis sein Frösteln und Bibbern aufhörte und es im Bett so warm wurde, dass er endlich einschlafen konnte.

Am nächsten Morgen fühlte sich Hias sehr schwach, appetit- und antriebslos. Er nahm alle Kraft zusammen, füllte den Holz- und Wasservorrat der Küche auf, zündete den Herd an, bereitete sich eine weitere Kanne Salbeitee und versorgte die Ziege mit Heu und Wasser. In den Tee mischte er Honig, ein altbewährtes, gutes Mittel gegen Entzündungen im Halsbereich, wie er zu wissen glaubte. Aber es half nichts. Er musste sich wieder in sein Bett begeben. Fieber hatte ihn ergriffen und es steigerte sich. Alsbald fingen seine Gedanken an, sich im Kreis zu drehen. Unklar und wirr um Nichtigkeiten herum, immer und immer wieder. Mal so rum, mal anders rum. Er konnte sie nicht ausschalten, nicht unterdrücken. Schweiß entwickelte sich am ganzen Körper, kalter Schweiß. Hias war nicht mehr Herr seiner Sinne. Er fantasierte und fantasierte, halb wach, halb im Schlafe, halb lebend, halb tot, halb im Diesseits, halb im Jenseits, in das er immer wieder zu entschwinden drohte. Er fühlte sich richtig elend und hilflos.

Wenn er in diesem Zustand die Augen mal öffnete, war es in seiner Schlafkammer dunkel. Beim nächsten Mal war es hell, ein anderes Mal drang Dämmerlicht in seinen Raum. Er hatte das Zeitgefühl völlig verloren und keine Ahnung, um welchen Tag und um welche Tageszeit es sich handelte und wie lange er in jenem Reich der Fieberträume verweilen und leiden musste.

Endlich ließ der Schweiß nach und er spürte, wie allmählich die eigene Körperwärme in alle seine Glieder vordrang, bis zu den Zehen und den Fingerspitzen. Auch seine Gedanken drehten sich nicht mehr ungezügelt und sinnlos im Kreise umher. Er konnte wieder klar denken.

Da gab es jetzt einige Dinge, die Vorrang hatten: Die verschwitzten Kleider und die Bettwäsche mussten ausgetauscht, das Bett ausgiebig gelüftet werde. Nach der Ziege musste geschaut, der Herd angezündet und die völlig erkaltete Hütte wieder aufgeheizt werden. Und nach dem starken Verlust von Flüssigkeit war da noch der große eigene Durst und auch sein wiedererwachender Appetit, die es zu stillen gab.

„Ach, wie schön ist es doch, einfach nur gesund zu sein!", schwärmte er von seinem neuen Zustand. „Und wie wenig schätzt man die Gesundheit, solange man sie hat!"

5. Die Lawine

Fast eine Woche lang hatte Mitte Februar ein Föhnsturm über die Höhen und Bergrücken gepfiffen. Nun legte er sich allmählich. Unter seinem Einfluss war die vorher beachtliche Schneedecke deutlich geschrumpft und oberflächlich zu glatt glänzenden Flächen angetaut, die die schräg stehende, halb verschleierte Sonne mal hier, mal dort prächtig spiegelte. Eine Kaltfront mit ihrem rauen Wind aus nordöstlicher Richtung näherte sich nun und der aufgeweichte, vom warmen Südföhn angeleckte Schnee erstarrte fast augenblicklich zu einer festen Eisschneedecke. Der vorher noch schwach bedeckte, milchige Wolkenhimmel verdichtete sich. Es wurde dunkler und erste, leichte Schneeflocken tanzten um die Almhütte.

Hias füllte das Wandel am Herd mit Brunnenwasser auf, füllte auch die Brennholzkiste bis zum Rand mit Scheiten und zog sich in die warme Küche zurück. Der Schneefall verstärkte sich im Laufe des Tages und machte keine Pause. Am nächsten Morgen war die pulverige Neuschneedecke auf gut einem halben Meter angewachsen und es schneite unaufhörlich weiter. Hias zog den warmen Mantel und seine Winterstiefel an, um erst den Weg zum Brunnen und dann zur Holzhütte freizuschaufeln. Doch kaum war er mit der letzten Aufgabe fertig und sah sich um, da lag auch schon wieder schuhtiefer Schnee auf dem Steig zum Brunnen, so sehr schneite es. Also gab er erst mal auf und ging in die Hütte, um das Ende des Schneefalls abzuwarten.

Der Vormittag verging, der Nachmittag verging, es wurde schon wieder dunkel und es schneite immer noch. Der Wind wurde etwas heftiger und stimmte sein bedrohliches Pfeifenspiel durch den Giebel und um die Ecken der Almhütte an.

„Der wird das schlechte Wetter über Nacht schon wegblasen und morgen werde ich dann erneut versuchen, die Wege frei zu schaufeln. Aber vorsorglich hole ich noch etwas Brennholz in die Küche!", murmelte Hias vor sich hin und rüstete sich zum geplanten Vorhaben. Der Ausgang führte nun nicht mehr mehrere Stufen an der Eingangstür bergab, sondern schien schon mehr als ebenerdig, eher wie ein Aufstieg zu sein. Tief sank er in den Pulverschnee ein und watete zur Holzhütte, füllte den großen Korb und schob sich wieder durch den fast bis zur Brust reichenden Schnee zurück in die warme Küche.

Nach Einbruch der Dunkelheit wurde es ruhiger, der Wind legte sich langsam wieder und die Nacht war anschließend dann so ruhig, wie nur Schneefallnächte auf einsamen Almen sein können. Kein fremder Ton, kein aufgeschreckter Vogel, kein Motorgeräusch. Er bildete sich ein, das sanfte Landen der Schneeflocken vernehmen zu können. Es war aber nur der leise, hohe Grundton im Ohr, den er immer dann zu vernehmen glaubte, wenn es sonst komplett still war. Hin und wieder allerdings unterbrach ein Knacksen im Dachgebälk die Stille, wohl unter der Last des pulverig weichen, aber inzwischen beachtlich dicken „Wintermantels" stöhnend.

Am nächsten Morgen schneite es immer noch weiter, nun schon den dritten Tag. Die Flocken waren jetzt größer und nicht mehr so pulverig. Ein noch ergiebigerer Schneefall!

„Wie soll das denn noch enden?", fragte sich Hias. Er öffnete die Hüttentür. Da rutschte der Schnee schräg in die Küche, ein weißer Berg war plötzlich vor dem Eingang. Also drückte er die Tür wieder zu und wartete den Tag ab. Durch die Fenster beobachtete er den nicht mehr endenden Schneefall. Gegen Mittag, endlich! wurde es draußen heller, klarte es etwas auf, ohne dass die Sonne sich blicken ließ. Eine trügerische, unheimliche, weißgraue Stille lag über der Alm und den sie umgebenden Bergen.

Der Topf auf der Herdplatte köchelte gerade schön dahin. Etwa 45 Minuten beträgt die Garzeit für Kartoffeln auf dieser Höhe. Diese Erfahrung hatte Hias schon lange vorher gemacht. Das ist eine Folge des geringeren Luftdrucks, welcher das Wasser schon bei niedrigeren Temperaturen in die Dampfphase entweichen, also sieden lässt. Pellkartoffeln Speck und sein deftiger Käse sollten am heutigen Abend auf dem Speisezettel stehen. Dazu vielleicht noch ein paar Brocken des harten Roggenbrots.

Ein dumpfer Donner, der gleichzeitig die Erde erbeben ließ, riss Hias jäh aus seinen Koch- und Essensträumen.

„Was war das denn?", fragte er sich. Aber er musste nicht lange darüber nachdenken, denn schon grollte der Donner, zwar nicht mehr so gewaltig, aber trotzdem nicht weniger beängstigend, weiter. Das Geräusch steigerte sich, kam näher und schließlich strich eine heftige, mit Pulverschnee beladene Windböe am Küchenfenster vorbei. Ihr folgte eine Wand aus Schnee und plötzliche Finsternis. In der Almhütte war es plötzlich dunkel. Es war beängstigend still, so fragend still. Hias versuchte die Ruhe zu bewahren und zündete eine Kerzenlampe an. Gegen das Küchenfenster drückte eine Mauer aus Schnee. Durch das Stubenfenster, das normaler Weise den Blick ins Tal gestattet, drang noch schwach etwas Tageslicht, das sich seinen Weg durch einen, vom angewehten Schnee nicht ganz aufgefüllten Spalt bahnte. Die Eingangstür zu öffnen, das wagte Hias nicht. Wie sollte er den in die Stube dringenden Schnee wieder loswerden. Also ging er durch die Verbindungstür in den Stall und sah sich nach der Ziege um. Sie stand am Trog angebunden und schien völlig verstört zu sein. Als sie ihn bemerkte, drehte sie sich meckernd nach Hias um und ihr Meckern klang in seinen Ohren ängstlich und bittend zugleich.

„Das kriegen wir schon wieder hin, gute Geiß! Du wirst schon sehen! Wir schaffen das! Du brauchst dir keine Sorgen zu machen. Ich lass dich nicht allein in diesem dunkeln Raum, in dieser Hölle aus Schnee." So sprach er auf sie ein und bemerkte zu seiner Verwunderung, dass er damit nicht nur das Tier, sondern auch sich selbst zusehends beruhigte und dass sich sein Pulsschlag senkte.

„Warum binde ich dich überhaupt an den Trog und lass dich nicht frei im Stall herumlaufen?", fragte er sich und band sie los. Die Ziege schüttelte ihren gehörnten Schädel, blieb aber am Trog stehen, so als hätte sich an ihrem Zustand nichts geändert. Erst als Hias den Raum verlassen wollte, folgte sie ihm meckernd und musste vor dem Ausgang, der gleichzeitig Zugang zur Almhütte war, zurückgehalten werden.

Dann machte er sich daran, im Dachgeschoß nach dem Rechten zu sehen. Die Falltür, die die Treppe von der Speise zu seiner darüber liegenden Schlafkammer abschloss, klemmte beim Versuch sie zu öffnen. Es war ein kräftiger Stoß mit der Schulter nötig, um sie nach oben zu öffnen.

„Da hat sich wohl Einiges unter der Last verzogen im Dachgebälk", dachte er. Die Schlafkammer war unversehrt geblieben, bis auf die Tatsache, dass am kleinen Fenster, das, wie die Fenster der Stube, ebenfalls talwärts gerichtet ist, die Scheibe geborsten war. In der Darre neben der Kammer war feiner Flugschnee durch die mit einem Fliegengitter versehenen kleinen Fensterluken gedrungen und hatte sich davor verteilt. Es war aber keine so große Menge, dass Hias unmittelbar mit dem Entfernen hätte beginnen müsste, weil sonst das Eindringen von Schmelzwasser in die darunterliegende Stube zu befürchten gewesen wäre. Das Dachgebälk schien intakt geblieben zu sein. Am Schornstein allerdings entdeckte er einen Spalt.

„Diesen muss ich sofort notdürftig abdichten, will ich nicht aus der Darre eine Räucherkammer machen oder gar riskieren, dass ein Brand im Holzdachstuhl ausbricht!"

In dem der Speisekammer vorgelagerten kleinen Gewölberaum, dem Aufbewahrungsort der Karotten und der Kartoffel, kratzte er vom Lehmboden einen kleinen Eimer voll dieses nun so wertvollen Erdreichs. Er teigte es mit etwas Wasser zu einer knetbaren Masse an und begann unmittelbar mit dem Abdichten der Fuge am Kamin, indem er die nun tonartige Masse mit den bloßen Fingern in den Spalt drückte. Am Schluss legte er noch den Fetzen eines alten Lappens an und drückte ihn dagegen, um das Zurückweichen des Lehms zu unterbinden.

„Der sollte am warmen Schornstein bald trocknen und fest werden", sagte er sich.

Er warf noch einen Blick durch eine der Luken in Richtung Tal.

„Da sieht man ja nichts außer Schnee, Schnee und nochmals Schnee, darüber einen halbverhangenen, grauen, unschuldig wirkenden Himmel."

Die Lage schien aussichtslos.

„Da hilft nur: Sich nicht verrückt machen und den morgigen Tag abwarten!", sagte er sich, ging in die Stube zurück und machte sich an seine Pellkartoffeln und an seine Brotzeit. So recht wollte ihm aber die sonst so beliebte Speise nicht schmecken. Zu sehr befassten sich seine Gedanken mit der prekären Situation. Wie würde er diese Lage meistern können? Was war als Erstes zu tun?

„Das muss ich mir im Tageslicht ansehen. Jetzt über Nacht kann ich nichts tun", murmelte er und lauschte der Lautlosigkeit in der Almhütte.

Nach dem Abendbrot zog er einen Schreibblock und Bleistift aus der Schublade und schrieb, schrieb ein paar Zeilen zu der Stille, die nun so aufdringlich auf ihn einwirkte:

*

„Die Stille ist so mächtig

sie füllt jeden Raum

sie ist so bedrückend

könnte lauter nicht sein

sie ist so beängstigend

könnte bedrohlicher nicht sein

sie ist so verwirrend

könnte chaotischer nicht sein

sie ist so entmutigend

sie hat keinen Trost

sie ist so entwaffnend

hier hilft auch kein Schrei

doch ist sie auch Segen

sie zwingt dazu

in sich hineinzuhören

befreit von jeder Ablenkung

in sich hineinzudenken

wann kommt man sonst je dazu?"

*

Nachdem er dies geschrieben hatte, bemerkte er erneut, dass ihn diese Beschäftigung mit seiner Situation beruhigte, ähnlich wie das „Gespräch" mit der Ziege. Zu ihr ging er nochmal, klopfte mit der flachen Hand auf ihre knochigen Schenkel, fütterte und tränkte sie, sprach ihr nochmals gut zu und begab sich dann zu Bett. Vorher musste er aber noch ein dringendes Bedürfnis stillen und jetzt wurde ihm erst bewusst, dass das Klo, das sich im Freien, an der Ecke der Almhütte befand, nun nicht mehr erreichbar war. Also besuchte er nochmals die Ziege und erledigte seine Notdurft bei ihr im Stall.

Seine Gedanken kreisten nun, schwirrten in seinem Kopf herum und spielten den Ablauf des Tages mehrfach wie bei einem Filmriss in seiner Vorstellung ab:

„Der viele, viele lockere Schnee, der da auf den steilen Bürstlingswiesen am Fuße des Bergmassivs und auf den Berghängen gelegen haben muss und die gewaltigen Schneeverwehungen, die instabilen Schneeüberhänge auf den Graten, die der Wind wohl angefrachtet hatte, die Instabilität der Schneedecke aufgrund der gefrorenen, glatten Altschneedecke darunter. Kein Wunder, dass die Eskimos so viele verschiedene Bezeichnungen für Schnee benutzen! Aber morgen früh, da werde ich versuchen, zum Klo und dann zur Holzhütte vorzudringen, das Holz wird ja wohl noch da, und trocken geblieben sein. Ohne Holz! Das ginge nicht! Das kann aber nicht weg sein. Der pulvrige Schnee wird es nicht durchnässen. Holz brauche ich jetzt zur Erzeugung von Wärme und von Wasser aus dem Schnee. Die Hauptstoßrichtung der Lawine muss ja der Schwerkraft folgend dem kleinen Tal entlang verlaufen sein, das, von der Hütte gute hundert Meter entfernt, hinunterführt zur Klamm. Die Almhütte hat - Gott sei Dank – wohl nur eine zur Seite gedrückte Wehe am Rand der Lawine erreicht. Sie ist ja an und für sich durch einen darüber liegenden Almrücken gegen Lawinen normalen Ausmaßes geschützt. Das hangseitige Dach ist flach am Hang und war jetzt nach den ergiebigen Schneefällen nicht mehr viel höher als die Schneedecke. So hat die Lawine die Schneemassen darüber hinweg schieben können, ohne der Hütte großen Schaden zuzufügen. Der Druck auf den Schornstein aber sollte doch abgebaut werden. Die Wärme wird den ihn umgebenden Schnee wegschmelzen." So endlos grübelnd schlief Hias allmählich ein.

Die anbrechende Morgendämmerung warf nur wenig Licht in die Küche als Hias das Feuer im Herd anzündete. Den heißen Kaffee verdünnte er mit frisch gemolkener Ziegenmilch und weichte in der großen Tasse die harten Fladenbrotstücke auf. Nach dieser Stärkung öffnete er das Stubenfenster, durch das an der Schneeoberkante etwas vom Tageslicht eindrang. Die Schaufel aus dem Vorratskeller in der Hand schob er den Schnee zurück, musste dabei aber feststellen, dass er nicht so weich war, wie er vermutet hatte.

„Das ist jetzt zwar mühsam, diese festen Schneemassen weg zu schaufeln, es hat aber den Vorteil, dass ich eine enge Gasse bilden kann, ohne dass er gleich wieder seitwärts nachrutscht." Dann zwängte er sich durch das kleine Fenster in die Schneemasse. Vor dem Fenster brach er sofort ein und musste sich am Fensterrahmen festhalten. So trat er den Schnee unter sich mit seinen Schuhen fest, bis er ihn trug. Endlich konnte er mit dem Schaufeln beginnen. Er warf den Schnee, soweit es ging, über die Oberkante vom Haus weg in Richtung Tal, verfestigte dann ein kleines Stück vor ihm und wiederholte den Vorgang, bis er, völlig erschöpft, um die Ecke der Almhütte sehen konnte, dorthin, wo das Klo und dahinter die Eingangstür waren. Doch er sah nur Schnee, über dem Dach, an der Hüttenwand. Dort wo die Holzhütte stehen sollte, nichts als Schnee.

„Jetzt habe ich erst mal Durst und Hunger und brauche eine Verschnaufpause. Nachmittags werde ich versuchen, bis an die Eingangstüre vorzudringen."

Der Herd war schon erkaltet, als Hias am späten Nachmittag wieder in die Küche zurückkehrte. Er musste sich erneut durchs Fenster zwängen. Die Eingangstür hatte er noch nicht freischaufeln können. Ein Glück, dass nun aber das Klo wieder zugänglich war, wenn auch nur über den Umweg durchs Stubenfenster. Die Schneemassen waren einfach zu groß und rutschten immer wieder vom Dach herab. Wohin sollte er mit der ganzen weißen Pracht? Er musste ihn nun umständlicher auf der Schaufel ein Stück zurücktragen, damit er ihn dann über die Oberkante talabwärts werfen konnte. Je weiter er sich in Richtung Eingangstür vorarbeitete, umso höher wurde die Schneewand.

„Wie lange komme ich jetzt noch mit dem Holz aus? Einen Vorteil hat die dicke Schneedecke auf dem Dach und an den Wänden: Sie schützt und isoliert die Almhütte wie ein Iglu der Eskimos, in denen man ja auch vor der Kälte geschützt sein soll. Ich werde morgen den Gang in Richtung Holzhütte vorantreiben. Ob die noch da steht? Vielleicht komme ich an etwas Holz. Das wäre wichtiger als den bisher freigelegten Gang tiefer zu schaufeln und den Eingang frei zu bekommen." Das ging ihm noch durch den Kopf, bevor er nach dem Abendbrot und nachdem er die Ziege versorgt hatte, völlig erschöpft einschlief.

*

Zwei Wochen waren nun seit dem Lawinenabgang vergangen. Hias fand nach und nach das Brennholz verstreut in den dichtgepackten Schneemassen. Sie hatten die Holzhütte weggefegt und die darin gelagerten Scheite mitgerissen. Da fand er also eine beruhigende Menge an Brennholz, die er vom Schnee befreite und anschließend in der Stube trocken lagerte. Auch den Brunnen hatte er nach harter Arbeit unter den Massen entdeckt und einen notdürftigen Zugang zum Wasser, das nach wie vor ungestört aus dem Holzrohr floss, freigeschaufelt. Nun brauchte er keinen Schnee mehr auf dem Herd zu schmelzen. Die Falle, mit der er eine Gämse erlegen wollte, hatte sich natürlich nicht nur gelöst und entspannt, sondern war auch von der Wucht der Lawine weggefetzt worden.

Das Wetter wurde schöner und der Schnee von der allmählich wieder höherstehenden Sonne erwärmt und verdichtet. Da fiel Hias ein, dass die Gletscher ja wandern. Sollten sich diese Schneemassen hinter und oberhalb der Almhütte etwa ähnlich verhalten? Dann musste er dafür sorgen, dass an der Hangseite genügend Abstand zum Haus freigeschaufelt war. Sonst bestand die Gefahr, dass der Druck der Schneemassen die Almhütte einfach wegschieben könnte.

Tatsächlich glaubte er zu bemerken, dass der Spalt zwischen der nördlichen Hüttenwand und dem Schnee, den er einige Tage vorher frei geschaufelt hatte, enger wurde. Außerdem musste er ständig das Dach der Hütte im Auge behalten. Der Schnee dort schob sich immer weiter vor und fiel auch schon herab, so dass er immer wieder weggeräumt werden musste, um den Weg vor der Hütte frei zu halten. Also hatte er noch wochenlang damit zu tun, die Folgen des Unglücks zu beheben und zu beherrschen.

Ein Wärmeeinbruch Ende März sorgte dann für ein schnelles Wegtauen der Schneedecke an den südlich der Sonne ausgesetzten Hängen. Die Lawinenmassen wurden nun sehr matschig, verdichteten sich und wurden über Nacht durch den Frost wieder steinhart. Hias fand nun weiteres Brennholz im Schneematsch und schließlich die Reste des Holzhüttendachs. Es wurde bis unterhalb des Brunnens geschoben, dorthin wo der Gemüsegarten war. Der Zaun um diesen Garten bestand nur noch ein aus einem Zaunpfosten. Alle anderen Teile waren auf der darunterliegenden Almwiese verstreut und teilweise zersplittert.

„Mal sehen, was man davon noch zum Wiederherstellen gebrauchen kann. Die Holzhütte und der Gartenzaun, die muss ich wieder herstellen, sobald es die Lage zulässt. Der Brunnentrog hat das

Ganze wohl deshalb überstanden, weil er von einer stabilisierenden Eismasse umgeben und hangseitig vom alten, harten Schnee geschützt war."

Ja, das Quellwasser schoss, mit annähernd derselben Temperatur wie immer, durch das Holzrohr und plätscherte in den Trog, als Hias an einem der kalten Märzmorgen die Hütte verließ. Er wollte sich nun das ganze Ausmaß der Lawine vom vorgelagerten Almrücken aus ansehen. Von dieser Anhöhe aus konnte er den größten Teil des Gebiets überblicken. Die Lawinenbahn war gut zu erkennen, da schon viel vom restlichen Schnee auf den südlichen Hängen weggetaut war.

Den Anfang nahm sie, wie vermutet, wohl an einer der riesigen Schneewechten, deren oben verbliebenen Reste immer noch bedrohlich über den Kamm des Bergrückens ragten. Der Abriss an ihnen war klar zu erkennen. Diese massigen Teile der Wechte stürzten in die darunterliegende Schlucht und rissen von den fast senkrechten, felsigen Flanken und anschließend von den steilen, den Felsen vorgelagerten Almhängen reichlich Pulverschnee mit. Die Hauptstoßrichtung der Lawinenbahn folgte dann dem Tal und die Schneemassen kamen erst als Lawinenkegel weit unterhalb, hinter der Almhütte am Anfang der Klamm zum Stehen, wo das deutlich flachere Gelände und letztlich der Wald die Wucht der

Schneemassen und des starken Luftzugs abbremste und stoppte. Die bis zu diesem Winter als lawinensicher geglaubte Almhütte wurde aufgrund der unglaublichen Wucht und Masse des Lawinenabgangs noch am Rande der Lawinenbahn gestreift und mit dem pulverigen Schnee bis über das Dach zugedeckt.

Von dem Heuschober, der etwa 200 m höher auf einer Kuppe früher als Zwischenlager für das am Hang eingebrachte Almwiesenheu diente, war nichts mehr zu sehen, obwohl der Schnee dort schon recht beachtlich weggetaut war und ihn nicht mehr hätte zudecken können. Diesen Verhau hat noch die volle Wucht erwischt und mitgerissen. Da musste man noch das weitere Abtauen des Lawinenschnees abwarten, um zu sehen, ob Holzteile des Gebäudes und das restlich im Schober gelagerte Heu irgendwo weit unterhalb wieder zum Vorschein kommen würden.

6. Der Frühling

Die Sonne stand bereits hoch als Hias in seine Almhütte zurückkehrte und sich eine Karottensuppe kochen wollte. Jetzt brauchte er nicht mehr vorsichtig zu sein mit dem Feuermachen, denn nun war es ihm egal, ob er mit dem aufsteigenden Rauch aus dem Kamin seine Anwesenheit auf der Alm verriet. Das Feuer im Herd loderte und erwärmte den Kochtopf. Er wusch die Karotten in einer Schüssel mit Wasser und wollte sie nun gerade in das heiße Wasser legen, als er durch das abrupte Öffnen der Eingangstüre zusammenfuhr. Vier mit Gewehren und Pistolen bewaffnete Männer in Uniform stürmten herein und schrien:

„Hände hoch!" Hias ließ das Gemüse fallen, riss die Hände hoch und fragte erschreckt:

„Was ist denn los? Wen sucht ihr denn? Was wollt ihr von mir?"

Einer der Männer fragte ihn in gebrochenem Deutsch, ob er allein sei. Hias bejahte. Zwei der Gesellen durchsuchten daraufhin die Hütte und den Stall. Die anderen beiden legten Hias in Handschellen und sagten, sie müssten ihn mitnehmen zur Befragung.

„Aber die Ziege im Stall muss ich noch vorher mit Heu und Wasser versorgen! Das müsst ihr mir noch erlauben!", flehte sie Hias an. Dies wurde ihm unter scharfer Bewachung gewährt. So wurden ihm nochmals für kurze Zeit die Handschellen gelöst und er konnte sein Tier mit einem großen Ballen Heu und mit einer Wanne Wasser versorgen, ehe er wie ein Verbrecher von der Alm abgeführt wurde.

Drei Tage dauerte die „Befragung" durch die staatlichen Behörden in der Stadt. Hias musste sich an einen Tisch setzen. Eine grelle Lampe blendete ihn, während er stundenlang von verschiedenen Personen abwechselnd befragt wurde. Ob er Männer in Uniform gesehen habe, wohin sie gegangen seien, ob andere Leute auf der Alm oder in Sichtweite waren, oder an der Almhütte vorbeigelaufen sind? Waren Schüsse zu hören? Hilferufe?

Hias beteuerte, dass er keine Menschenseele gesehen, nichts gehört habe und dass niemand auf die Alm gekommen sei. Das musste er gefühlte tausendmal bestätigen. Warum er denn überhaupt auf der Alm war zu dieser Jahreszeit. Was hatte er da zu suchen, zu verbergen? Alle anderen Almen stehen im Winter und jetzt im Frühjahr noch leer. Hat er in der Winterzeit Fremde mit Lebensmitteln unterstützt, ihnen Herberge geboten?

Seine Augen brannten und schmerzten durch das ständige Anleuchten mit der grellen Lampe und die

Müdigkeit übermannte ihn mehrmals, so dass er im Sitzen in sich zusammenfiel. Aber sie rüttelten ihn wieder und wieder wach und führten die Befragung rücksichtslos fort. Sie gaben ihm nichts zu essen und nur ab und zu etwas Wasser für den trockenen Mund. Hias blieb aber standhaft. Niemals würde er ihnen, auch wenn sie ihm noch so zusetzten, von dem seltsamen Zusammentreffen mit dem unbekannten Bärtigen erzählen, denn er wusste, dass dann an eine Rückkehr auf seine Alm nicht mehr so schnell zu denken wäre und dass im sehr unwahrscheinlichen Falle einer Rückkehr Racheakte des oder der Verratenen drohen konnten.

Drei lange Tage vergingen in unerträglicher Langsamkeit, Tage voller Ungewissheit, in denen er kaum zur Ruhe kam und Nächte, in denen er kaum schlafen konnte und früh geweckt wurde zum erneuten Verhör. Am frühen Morgen des vierten Tages wurde er durch einen langen Gang des kasernenartigen Gebäudes in einen Raum geführt. Ein Tisch und vier Stühle standen darin. Hias sollte sich setzen. An der Wand sah Hias einen Kalender hängen, der Freitag, den 15. April anzeigte. Dieses Datum wollte er sich merken, weil er mit den Wochentagen nach dem langen Bettaufenthalt wegen starken Fiebers etwas durcheinandergekommen und seitdem nicht mehr sicher war, um welchen Wochentag es sich gerade handelte.

Ein kleiner Mann brachte ihm Kaffee und zwei Brötchen mit etwas Butter und Marmelade. Hias freute sich riesig auf das so köstliche Frühstück. Welche Wohltat nach der Tortur der vergangenen drei Tage! Hias saß am Tisch und atmete den Duft des Kaffees und der frischen Brötchen ein und wollte gerade mit dem Genuss beginnen als zwei Polizisten den Raum betraten. Einer davon war der Polizeichef aus Vörpnes.

„So, wir bringen dich jetzt zurück in deine jämmerliche Gegend. Auf und komm mit!" Und während er das in seinem wirschen, unfreundlichen Kommandoton sagte, wischte er mit der Hand das schöne Frühstück über den Tisch vom hungrigen Hias weg. Dieser wollte noch schnell nach einem Brötchen greifen, um es mitzunehmen. Der Chefpolizist aber schlug ihm auf den Handrücken. Sie packten und fesselten ihn und führten ihn zu einem Geländewagen. Mit diesem Gefährt fuhren sie ihn zurück durchs Vörpnestal und durch das Dorf hoch und so nahe an die Almhütte heran, wie es die Straßenverhältnisse für das Fahrzeug erlaubten. Im Hochwald stießen sie ihn unsanft aus dem Auto und lösten die Fesseln. Auf dem Boden kauernd ließen sie ihn allein zurück.

„Wieso geben die sich die Mühe und fahren mich soweit herauf in den Hochwald? Mitleid? Danach sah das Ganze nun wahrlich nicht aus! Das muss wohl andere Gründe haben. Die wollen die ganze Aktion wohl nicht an die große Glocke hängen!?" sagte sich Hias, als er, erschöpft auf einem Baumstamm kauernd, dem nach unten in den Wald abtauchenden Geländewagen hinterher sah.

Mit letzter Kraft erreichte er die Almhütte. Auf dem Stubentisch stand eine Flasche Rotwein der Sorte, die er mit Lena im letzten Sommer genossen hatte. Der Herd war warm!?

„Wie kann denn das sein?" Ist hier jemand?" schrie Hias. Aber niemand antwortete. Er sah sich noch schnell in der Hütte um und begab sich anschließend in den Stall. Da war kein Mensch. Die Ziege schien versorgt und zufrieden. Etwas Heu war noch da und Wasser ebenfalls.

Wieder in der Küche nahm er einen kräftigen Schluck aus der Rotweinflasche und ein großes Stück Almkäse und wollte noch weiter seinen großen Hunger stillen. Doch die Müdigkeit war noch stärker und trieb ihn in seine Schlafkammer. Ohne sich auszuziehen fiel er in sein Bett und schlief tief und fest bis zum nächsten Morgen.

Die Sonne schien schon durch die kleinen Fenster in die Hütte. Hias war aber immer noch müde, drehte sich schlaftrunken gähnend im Bett um und fiel in einen Traum:

„Er träumte von einer alten Frau, einer sehr alten, hageren Gestalt. Sie stand mit Kopftuch am Herd und streute aus ihrer knochigen Hand Pfeffer und Salz in einen Kochtopf, drehte sich zu ihm um, murmelte und fragte ihn, ob er schon Hunger habe. Er bejahte.

„Hast du dir das Essen auch verdient?". Er meinte wohl doch. Da reichte sie ihm einen Teller voll mit einem lecker duftenden Eintopf. Dicke Fleischstücke waren darin und schöne Fettaugen leuchteten ihn an. Hias wollte einen vollen Löffel zum Mund führen. Aber der Löffel rutschte ihm immer wieder aus der Hand. So sehr ihm auch nach Essen war, er schaffte es nicht bis zum Mund. Die Alte aber kam auf ihn zu und tat so, als sei er nun satt, nahm den Teller und den Löffel und ging damit zur Spülschüssel, ohne ihm in die Augen gesehen zu haben."

Da wachte Hias auf und sein Magen knurrte, sein Hunger war riesengroß. In der Küche stand eine Kanne frischer Ziegenmilch.

„Was ist hier los? Woher kommt denn die Milch? Da muss jemand sein!" Hias ging in den Stall. Niemand war da. Die Ziege labte sich am Futtertrog. Der

Wassereimer war gefüllt. Hias rannte vor die Almhütte und sah sich um. Niemand war zu sehen. „Bist du es wieder, du bärtiger Fremdling?", rief er ins Leere. Kein Mensch zeigte sich. Also ging er in die Hütte zurück und dacht nun daran, seinen Kalender wieder richtig zu stellen. Einen Tag hinkte er seit seinem Fieberanfall mit den Wochentagen hinterher.

*

Die Schneemassen, die die Lawine bis an die Almhütte gefördert hatte, schmolzen nun zusehends zurück. Der Platz, auf dem die Holzhütte gestanden hatte, war schon aper. Die Stützen der Hütte ragten als zerborstene Holzpfähle aus dem Boden, stumme Zeugen der Naturgewalt. Das allermeiste Holz hatte Hias schon geborgen und an der Südwand der Almhütte einigermaßen trocken gelagert, indem er Teile des zerrissenen Holzhüttendachs darauf als Regenschutz legte. Zum Wiederaufbau des Holzverschlags fehlten ihm die entsprechenden Holzbalken, Bretter, Schindeln und Nägel. Damit konnte man erst im Sommer beginnen, nachdem man das Material mit einem Pferd aus Vörpnes hochgekarrt hatte.

Der Gartenzaun aber, den konnte er jetzt wieder reparieren. Einige Pfähle standen ja noch und die von der Lawine geknickten ersetzte er. Der aufgetaute

Boden ließ schon das Rammen mit dem Setzeisen zu und so konnte er die Lärchenpfosten setzen, die Bretter an sie annageln und am Schluss das etwas ramponierte Gartentürchen an der alten Stelle wieder einhängen.

Sein Blick streifte zufrieden über sein Werk und darüber hinweg zu den nun schmutziggrauen Lawinenschneemassen, die sich immer mehr vor der stärker werdenden Sonne zurückzogen. Da sah er noch einige Holzscheite und noch nicht gehackte Äste im Schneematsch und ging auf sie zu, um sie an die Hütte zum anderen Holzvorrat zu holen. Ein dunkler Gegenstand sah etwas anders aus von der Ferne. Er näherte sich und bemerkte ein Gewehr, dessen Schaft aus dem Schnee ragte. Er zog es heraus und erkannte sofort, dass es ein Gewehr jenes Typs war, mit dem ihn auch die uniformierten Männer bei seiner Festnahme bedroht hatten.

Hias sah sich erneut um. Wurde er auch wirklich nicht beobachtet? Sein Blick streifte hinauf zu den Felswänden, hinaus auf den Weg über den Almrücken, hinunter bis zum Klammwald und über die im Südwesten gelegenen, zum Teil noch mit Schneeresten bedeckten Almwiesen. Aber da war niemand.

Da nahm er das Gewehr und stieg ab zum flachen Gelände vor dem Klammwald. Dort suchte er im weiter unten gelegenen, steilen Waldgelände ein Loch unter einem größeren Felsbrocken. Bald fand er ein geeignetes, trockenes Versteck für das Gewehr, das auch bei länger anhaltendem Regen nicht nass werden sollte. Er schob es hinein, bedeckte es mit etwas Moos und Geflecht und legte eine Steinplatte schräg vor die Öffnung. Dann sah er sich nochmals genau um und prägte sich die Stelle gut ein.

Wieder zurück am Rest der Lawine, tauchte urplötzlich ein Mann hinter den schmutzigen Schneehaufen auf. Es war der sonderbare Unbekannte, der sich bei ihm im Winter auf der Almhütte kurz aufgewärmt hatte.

„Was machst du hier?", fragte er Hias. "Solltest du im Schnee Gegenstände finden, die nicht aus deiner Hütte stammen, dann bringe sie unauffällig hier herunter und lege sie unter diesen Baum dort."

Und er zeigte auf eine der prächtigen Fichten am Rande des Klammwalds, deren unterste Äste den Boden berührten.

„Ich werde sie entsorgen. Solltest du etwas finden, so rede mit niemandem darüber. Es wäre nicht gut, wenn das sich herumspräche!".

Hias war mächtig am Grübeln, als er daraufhin zu seiner Almhütte aufstieg:

„Wo kam das Gewehr her? Hat sich jemand während des tagelangen schlechten Wetters vor dem Lawinenabgang in dieser Gegend herumgetrieben? Wohl kaum! Hat die Lawine ein Versteck von Waffen mit sich gerissen? War dieses Versteck vielleicht der einsame Heuschober oben am Hang? Ich bin hier auf der Alm geblieben, um ungestört zu mir zu finden. Jetzt bin ich plötzlich mitten in einer obskuren Situation, in der ich offensichtlich beobachtet werde, vielleicht sogar von mehreren Seiten. Hier laufe ich Gefahr, zwischen die Fronten zu geraten. Bin ich wohl schon. Ich glaube, ich sollte die Zelte bald abbrechen und mit der Ziege ins Dorf zurückkehren. Jetzt warte ich noch eine gute Woche bis Anfang Mai. Dann werden mir die Leute wohl abnehmen, dass ich den Vörpnesser Sattel bereits überqueren konnte. Der Winter war zwar sehr schneereich, aber das Frühjahr begann wiederum früh und war und ist recht warm. Es ist schon viel weggetaut bis hinauf zu den Höhen."

*

Die Ziege führte er am Strick neben sich her, als er am frühen Nachmittag durch Vörpnes zog. Hier unten stand in den Wiesen schon sattes Gras und die Birnbäume strahlten mit ihren weißen Blüten und füllten die Gassen mit ihrem schweren Duft. Zu allererst wollte er nun dem Talerbauer seine Ziege zurückbringen. Der Weg führte über die flachen Wiesen am Magnerhof vorbei. Im Hof saß eine Frau auf einer sonnigen Bank mit einem Kinderwagen. Beim näheren Hinsehen erkannte er, dass es Lena war, die Magnerbäuerin. Er grüßte sie, mit der Hand freundlich winkend. Sie entgegnete den Gruß und winkte Hias zu sich. Stolz zeigte sie ihm ihren Nachwuchs, der unter einem flauschigen Federbettchen sein Köpfchen zeigte.

„Ich gratuliere zu eurem Nachwuchs, Lena! Scheint mir ein Junge zu sein, im himmelblauen Bettchen."

„Ja, Hias, es ist ein Junge, des Bauern lang ersehnter Stammhalter nach unseren beiden Töchtern. Drei Tage lang hat Sepp seine Geburt gefeiert und im Wirtshaus alle freigehalten. Komm mal etwas näher her, Hias! Schau ihn dir nur mal genauer an! Sieht er nicht süß aus!?"

Sie schob den Vorhang des Kinderwagens zur Seite und zeigte ihm das Kind. Hias bewunderte das süße kleine Köpfchen und sah - das Blut schoss ihm in alle Adern - Ohrläppchen, so wie seine, nicht angewachsen, frei baumelnd! - Neun Monate zurück..., das kommt ja ungefähr hin mit dem Besuch der Bäuerin im Juli letzten Jahres. Ja sollte er tatsächlich der Vater des Kindes sein? Sollte es sein Sohn sein, der den größten Bauernhof im Dorf erben wird? War das die versteckte Rache dafür, dass der Bauer seine große Liebe, Barbara, so schändlich behandelt und geschwängert hat?

„Ja, das freut mich aber sehr, Lena, so einen hübschen, strammen Burschen habt ihr!" Hias sah in die Augen von Lena und aus ihrem glücklichen und etwas verschmitzten Leuchten las er die Gewissheit, dass im Kinderwagen vor ihnen sein eigenes Fleisch und Blut war, was da zufrieden strampelte.

„Ging bei der Geburt alles gut? Wo hast du ihn entbunden? Wie heißt er den?"

„Georg, haben wir ihn getauft und die Geburt verlief unkompliziert zu Hause, obwohl er ein ganz schön schwerer Brocken war, fast vier Kilogramm hat er gewogen." „Liebe Lena", flüsterte er, um zu vermeiden, dass irgendjemand in der Nähe es hören könnte, „ich kann dir gar nicht sagen, wie sehr ich mich über dieses Kind freue!" Und sie sahen sich eine gefühlte Minute lang in die Augen und ein unsichtbares Band der Nähe und Verbundenheit spannte sich von seinen Gefühlen zu ihren.

Die Ziege an seiner Hand meckerte und zerrte am Strick, nach dem langen Abstieg von der Alm zum Weiterziehen mahnend. Also verabschiedete er sich, nun wieder mit normaler Lautstärke, von Lena und ging mit der Ziege zum Talerbauer, ihrem Besitzer. Der war gerade damit beschäftigt, Mist aufzuladen. Er ließ die Gabel im Haufen stecken und kam Hias entgegen.

„Sei gegrüßt, Hias! Ja, hat sie sich tatsächlich in die Alm unserer Nachbarn verlaufen, die dumme Geiß", bemerkte er und führte das Tier am Strick in den Stall. Hias begleitete ihn und wollte nun weiter zu seinem Elternhaus. Doch der Talerbauer hielt ihn zurück und lud ihn, erfreut über den nicht mehr erhofften Wiedergewinn der Ziege, zu einer Brotzeit ein.

„Ja Gustl, was gibt es Neues, hier in Vörpnes?", fragte Hias, während er sich ein Stück Brot nahm und mit dem scharfen Messer den Bauernspeck in dünne Streifen schnitt.

„Ja, eigentlich ist alles beim Alten geblieben. Die Polizei war halt ziemlich aktiv und hat sich überall erkundigt, ob fremde Menschen gesehen worden sind. Es kam halt schon wieder zu einigen Anschlägen auf Hochleitungsstrommasten und auch auf Denkmäler und neue, leerstehende Wohnbauten in der Stadt. Ja, und der Ferdl ist wie vom Erdboden verschwunden, der Surblinger Ferdl. Manche Leute im Dorf meinen, er hätte mit der Sache etwas zu tun. Er wurde nämlich des Öfteren gesehen, wie er im

Polizeirevier ein- und ausging. Ja, und die Furstinger Buben, der Friedl und der Franz, die kennst du schon auch, die jüngeren Brüder von Hubert, die sind wohl über die Berge geflohen und haben sich in Sicherheit gebracht. Man vermutet, dass sie an einigen Anschlägen beteiligt waren. Vieles schiebt man den armen Kerlen wohl auch nur in die Schuhe."

Er erzählte Hias noch, wer alles im Dorf verstorben war, wer geheiratet hatte, wohin die Dienstboten gewechselt hatten und wer, um Arbeit zu finden in die Stadt gegangen und ins Ausland ausgewandert war. Gustl war ein rechter Plauderer. Doch Hias war froh, dass er mit dem Erzählen nicht mehr aufhörte und so nicht dazu kam, sich nach Einzelheiten seines vorgegebenen Aufenthalts in Hintervörpnes zu erkundigen.

"Vielen Dank, Gustl, für den guten Speck und die vielen Neuigkeiten! Jetzt ist es aber höchste Zeit, dass ich aufbreche", sagte Hias und machte sich auf den Weg.

Die Sonne war schon beim Untergehen, als er endlich in sein Elternhaus eintrat. Luisa, seine Schwägerin empfing ihn an der Eingangstür mit Sorgenfalten.

„Schön, dass du wieder mal kommst, Hias! Ich muss dir aber leider etwas Trauriges berichten. Es steht nicht gut um unsere Mutter. Der Doktor hat gemeint, dass es halt das Alter sei und dass Leute, die so viel und hart gearbeitet haben, in dem hohen Alter schwach werden. Sie wird das Bett nicht mehr verlassen können, meinte er. Die Mutter liegt im Sterben."

Sie begleitete Hias zu ihr in die Schlafkammer und sagte, dass sie noch das Vieh füttern und melken müsse. Danach hätte sie Zeit für ihn und Martl, sein Bruder, würde dann auch heimkommen. Er sei mit einer Kuh zum Stier unterwegs, sagte sie und ließ ihn allein bei seiner Mutter.

Die Mutter lag im Bett, kreidebleich. Sie schien zu schlafen. Er näherte sich und der Holzfußboden knarrte. Da öffnete sie die Augen, sah ihn an, lächelte und sagte mit schwacher Stimme:

„Hias, Gott grüße dich, mein Bub! Ich habe dich schon lange nicht mehr gesehen."

„Mamma, was machst du für Sachen, wie geht es dir, hast du Schmerzen?", fragte er und streichelte ihre Schläfe. Sie genoss sichtlich die Wärme seiner Hand und flüsterte:

„Nein, Schmerzen habe ich keine, aber ich fühle mich schwach, wie eine Lampe, der das Öl ausgeht. Ja und du, bist du immer noch allein, Hias? Ohne Frau? Geht es dir gut, so ganz allein?"

Hias kämpfte mit sich. Was würde er in ihr auslösen, wenn er ihr von seinem Sohn erzählen würde? Aber ihr wehmütiger, mitleidiger Blick machte ihn schwach.

„Liebe Mutter, ich habe keine Frau und will auch keine. Barbara hätte ich gerne geheiratet, wenn da nichts dazwischen gekommen wäre. Aber einen Enkelsohn kann ich dir trotzdem bieten! Behalte es bitte für dich und erzähle niemandem davon! Es ist der Sohn der Magnerin, der erst in diesem Frühjahr auf die Welt gekommen ist. Er ist mein Sohn und wird den großen Bauernhof einmal erben." Die anfängliche Freude im Gesicht der alten, kranken Frau wich urplötzlich und eine ernste, besorgte Miene machte sich breit.

„Ja Hias, mein Bub! Da hast du dich aber arg versündigt! Ich werde ein gutes Wort für dich bei dem da oben einlegen, zu dem ich bald gehen werde."

„Ja Mutter, darum wollte ich dich auch bitten. Es ist halt passiert und der da oben hat es wohl sicherlich auch so gewollt, sonst wäre es doch nicht geschehen."
„Vergiss nicht zur Beichte zu gehen, wenn du es nicht schon getan hast", flehte sie ihn mit ihrer schwachen, kaum hörbaren, dünnen Stimme an.

„Ja, Mutter, ich habe schon gebeichtet. Gott vergibt allen reuigen Sündern", log Hias, um sie zu beruhigen.

Das kurze Gespräch und vor allem wohl auch diese überraschende Neuigkeit kostete die alte, kranke Frau viel Kraft und sie schloss die Augen, um sich zu erholen. Hias legte seine warme Hand sanft auf ihre kühle Stirn und fühlte, dass sie es als wohltuend empfand. Eine Träne lief über seine Backe.

„Wann habe ich das letzte Mal geweint?", fragte er sich und er konnte sich darauf keine Antwort geben.

Die Mutter atmete nun ruhig und gleichmäßig, sodass Hias sicher war, dass sie eingeschlafen war. Er ließ sie allein, verabschiedete sich bei seiner Schwägerin und ging zum Buchnerbauer, bei dem er ja im Winter als Knecht diente und wo er seine Habseligkeiten in einer Schlafkammer untergebracht hatte.

Die Buchners saßen beim Abendessen in der Stube beisammen, als Hias eintrat. Die Bäuerin bat ihn, er möge sich dazu setzen und mit ihnen zu essen.

„Du wirst uns sicherlich viel zu erzählen haben!" Hias bedankte sich und ließ sich einen Teller voll von der Gerstensuppe servieren.

„Gut gekocht hast du wieder, Bäuerin", sagte Hias, „Ja, auf der Alm, da hat sich einiges verändert seit letztem Jahr. Eine gewaltige Lawine muss die Hütte gestreift haben. Den Heuschober oberhalb der Almhütte und die Holzhütte hat sie mitgerissen und den Zaun um den Gemüsegarten zerfetzt. Auf dem

Weg hierher bin ich ein paar Tage in der Almhütte geblieben. Sie hat alles, Gott sei Dank, unbeschadet überstanden soweit ich das überblicken konnte."

„Hm", murmelte der Bauer, „das muss ich der Genossenschaft der Almbauern bei unserer nächsten Versammlung melden. Da müssen wir ja Bretter, Balken und Schindeln besorgen und beim Almauftrieb hochtransportieren, um die Sache wieder in Ordnung zu bringen. Aber, was haben wir nur für ein Wetter neuerdings! Eine Lawine, die die Almhütte erreicht, das hat es noch nie gegeben und mein Vater und auch unser Großvater haben niemals von einem solchen Ereignis erzählt. Die Almhütte steht doch schon seit über hundert Jahren und hat alle Winter bisher unbeschadet überstanden. Hias, du kriegst aber noch deinen Lohn für die vergangene Saison." Er ging in das Schlafzimmer und kam mit einem Umschlag zurück. Hias sah nicht nach dem Inhalt, bedankte sich und steckte ihn in seine Jackentasche. Der Buchnerbauer war ein ehrlicher und aufrichtiger Mann, eine Kontrolle erübrigte sich da.

"Jetzt darf ich mich aber zum Schlafen zurückziehen, heute habe ich schon viel erlebt und hinter mich gebracht und bin sehr müde", entschuldigte sich Hias, begab sich in seine Schlafkammer, legte sich ins Bett und schlief sofort tief ein.

Am nächsten Morgen wurde er von der Buchnerbäuerin geweckt.

„Guten Morgen, Hias, steh auf! Deine Mutter ist über Nacht gestorben! Deine Schwägerin hat uns gerade eben die traurige Nachricht überbracht. Sie ist einfach nicht mehr wach geworden und liegt, halb erkaltet in ihrem Bett. Luisa läuft gerade zum Widum, um den Pfarrer für die letzte Ölung zu holen."

„Ich komme gleich", antwortete Hias.

„Welchen Sinn hatte nun das Leben meiner Mutter?", fragte er sich. „Bestand der Sinn darin, Kinder groß zu ziehen? Aber welchen Sinn hat dann mein und meines Bruders Leben und welchen wird später das unserer Kinder haben? Wieder denselben Sinn in der Nachkommenschaft. Dann wäre das ja nur eine endloses Verschieben der Sinnsuche auf die nächste Generation?!"

Er blieb noch ein paar Sekunden nachdenklich im Bett liegen und wischte sich mit seinem Taschentuch die Tränen von den Augen.

7. Der Sommer danach

Hias war gerade damit beschäftigt, die von der Lawine zerschmetterte Holzhütte wieder zu reparieren. Na ja, das kam wohl mehr oder weniger einem Neubau gleich, so demoliert wie die war.

„Hallo Hias!", hörte er plötzlich eine bekannte Stimme ihn rufen, „mach mal eine Pause und komm in die Almhütte. Ich muss dir was erzählen."

Also legte Hias den Hammer und die Nägel beiseite und ging mit Toni, dem jungen Burschen, den er aus dem Dorf kannte, in die Küche. Er bot ihm ein Glas Buttermilch an und sie setzten sich an den Tisch.

„Dein Bruder ist tot, Hias. Er ist gestern gestorben."

„Wie kann denn das sein? Er war doch noch vor wenigen Wochen wohlauf und hat auf mich einen kerngesunden Eindruck gemacht", warf Hias verwundert ein.

„Ja Hias, auch gesunde Menschen sterben in diesen Tagen der Unruhen im ganzen Land. Deinen Bruder hat es gestern erwischt. Er saß auf der Heufuhre und war mit dem Pferdefuhrwerk gerade von der Hochwiese unterwegs zu sich nach Hause. Hinter dem Magnerbauer, dort, wo der Weg steil nach unten führt, fuhr er gerade entlang. Da wurde er von zwei Polizisten aufgefordert sofort anzuhalten. Sie wollten eine ihrer Stichkontrolle durchführen. Die suchen ja zurzeit überall nach Waffen und Sprengstoff. Der Bruder gab sein Bestes, das Fuhrwerk zum Stehen zu bringen. Allein der Hang ist an dieser Stelle zu steil. Er zog an den Zügeln des Pferdes. Das Tier konnte aber den Heuwagen nicht anhalten und wurde nach unten geschoben. Also griff dein Bruder mit der rechten Hand hinter sich, um den Hebel der Handbremse zu ergreifen. Da schoss der Polizeichef auf ihn, aus Notwehr, wie er sagte, weil er vermutete, dass er nach einer Waffe greifen wollte. Und tatsächlich! Ein Gewehr sei unter dem Heu versteckt auch gefunden worden."

„Mein Bruder hat niemals ein Gewehr besessen, das weiß ich ganz sicher!", entgegnete Hias. „Das wurde ihm untergeschoben. Aber von wem? Und wann? Wohl kaum auf der Hochwiese! Da hätte er es ja beim Aufladen des Heus bemerkt. Wo auf dem Heuwagen hat man es gefunden?"

„Genau da, wo dein Bruder auf der rechten Seite hinter sich zum Bremshebel gegriffen hat", wusste Toni zu berichten. „Es war ein Jagdgewehr, eines vom Typ, die unsere Jäger bei der Reh- und Gämsenjagd benutzen."

„War er sofort tot?"

„Nein, er wurde in die Brust getroffen und man hat ihn vor die Scheune des Magnerbauern getragen. Dort ist er dann in kurzer Zeit, aber wohl recht qualvoll, verblutet und verschieden."

„Hat der Magner der Polizei angeboten, ihn an sein Gehöft zu bringen?"

„Ja, er hat wohl den Schuss gehört und ist hingeeilt. Während der andere Polizist zum Arzt rannte, hat er mit dem Polizeichef Martl zur Scheune gebracht. Der Arzt kam aber dann für deinen Bruder zu spät. Er hätte wahrscheinlich auch nicht mehr helfen können."

Toni informierte dann Hias noch, dass die Beerdigung schon in zwei Tagen stattfinde. Er sei von der Almverwaltung gebeten worden, ihn auf der Alm bis nach der Trauerfeier zu vertreten. Er müsse ihm halt noch sagen, was hier alles zu tun sei, und könne dann sich aufmachen und der Schwägerin bei den Vorbereitungen der Beerdigung und bei den erforderlichen Behördengängen behilflich sein.

Hias erklärte Toni den üblichen Tagesablauf auf der Alm und packte anschließend seine dunkle Sonntagskleidung, die schwarze Krawatte und das weiße Hemd in seinen Rucksack. Am nächsten Morgen brach er auf.

Seine Schwägerin Luisa traf er in der Küche an, als sie gerade sich am Herd zu schaffen machte. Er sah in ihre verzweifelten, traurigen Augen. Sein Blick blieb eine Weile in ihnen gefangen. Dann fielen sie sich in die Arme, innig, fest und lange.

„Warum hat der Polizist nur gleich auf ihn schießen müssen!? Er konnte doch nicht auf Befehl das Fuhrwerk zum Stehen bringen auf dieser steilen Strecke. Er hat doch noch nie jemanden etwas zuleide getan, geschweige denn mit einem Gewehr auf jemanden geschossen. Er hatte doch noch nie ein Gewehr besessen und auf die Jagd ist er nur als Bub mal mitgegangen, als Treiber. Jetzt hat man ihn niedergeschossen wie einen tollwütigen Hund. Das Gewehr in unserem Heuwagen hat jemand anderes hineingeschoben, vielleicht erst nachdem geschossen wurde, um den Polizeichef glaubhaft wirken zu lassen. Da bin ich mir sicher! Notwehr!? Dass ich nicht lache! Wenn es mir nicht zum Weinen zumute wäre! Wenn mein Martl ein Verbrecher war, dann sind wir alle Verbrecher, alle, hier sind in diesem gottverlassenen Land!", haderte Luisa mit ihrem bitteren Schicksal und noch nie hat sie Hias so viele Worte hintereinander so verzweifelt und so anklagend sprechen hören.

Er erkundigte sich nach dem Stand der Vorbereitungen für die Beerdigung und bot Luisa an, zum Unterwirt zugehen, um dort mit den Wirtsleuten zu besprechen, wie der Leichenschmaus zu gestalten sei. Danach wolle er noch ins Pfarramt. Der Pfarrer benötigte ja noch Informationen zum Lebenslauf des verstorbenen Bruders für die Grabrede. Für Sargträger war bereits gesorgt: Die Nachbarn hatten sich beim Beileidwünschen dafür angeboten. Danach bestellte er einen Blumenkranz als Grabschmuck mit einer Schleife, auf der er Folgendes schreiben ließ: „Meinem stets friedliebenden Bruder in stiller Trauer".

Beim Requiem war Kirche von Vörpnes für die zahlreichen Besucher viel zu klein und der Abschied auf dem Grab machte den Anschein, als hätte sich die gesamte Talschaft auf dem Friedhof versammelt, um Martl die letzte Ehre zu erweisen. Der Pfarrer ging in seiner Grabrede mit keinem Wort auf die Umstände seines Todes ein. Kein Bedauern über das unglückliche Geschehen, nur eine Erinnerung an Gottes Weisheit und seinem uns unerklärlichen, weisen Beschluss.

Hias stand neben der trauernden Witwe vor dem Sarg und dem offenen Grab. Er schaute zum Pfarrer auf und erblickte hinter ihm in gebührendem Abstand, hinter der Hauptmenge der Trauernden, den Polizeichef und wenig vor ihm den Magnerbauer, der aufgrund seiner Größe in der Menge auffiel. Die

Beileidsbekundungen nahmen anschließend kein Ende und endlos schien auch der stille Tränenfluss von Luisa, der über ihre Wangen floss und den Hias an ihrer Seite mit seinem Taschentuch zu bändigen versuchte. Nicht weniger überfüllt als die Kirche war der Gasthof beim anschließenden Leichenschmaus. Anfangs ging es sehr ruhig zu beim Löffeln der Frittatensuppe. Aber schon bei den belegten Brötchen, die es anschließend, wie bei solchen Anlässen üblich, gab, kamen an den einzelnen Tischen Gespräche auf. Hias saß am Tisch seiner Schwägerin, an dem noch ihre Geschwister, zwei Brüder und zwei Schwestern saßen. Hier herrschte noch trauriges Schweigen und so hörte er unweigerlich am Nachbartisch Gespräche mit:

„Der hätte ihn schon besser behandeln müssen, so wie er geschrien hat nach dem Treffer in den Bauch. Ihn einfach blutend und mit dem Tode ringend vor dem Scheunentor auf den Boden zu legen, allein zu lassen und auf den Arzt zu warten, ohne ihn zuzudecken! Dass sich der nicht schämt, überhaupt hier dabei sein", raunte einer der Männer den anderen zu.

„Das kann ja nur eines seiner Jagdgewehre gewesen sein, das hat er wohl in den Heuwagen gemogelt, um sich bei dem Polizisten einzuschleimen", hörte er eine andere Stimme sagen.

„Der will ja heuer Bürgermeister werden, da braucht man solche Beziehungen. Ohne die da oben vom Staat geht heute nichts mehr", meinte ein Dritter.

Hias pochte das Herz vor innerer Wut, als er dies hörte. Er wollte aber diese Gespräche Luisa ersparen, lenkte ab und fragte sie, wie sie sich nun die Zukunft vorstellen könne.

„Ja, ausgerechnet der da hinten" - und sie deutete auf einen der hinteren Tische, an dem der Magnerbauer saß - „hat mir angeboten, behilflich zu sein in meiner Situation. Er will mir unsere beiden Kühe und auch die Schafe und die Ziege abkaufen, sodass ich nur noch das Kleinvieh zu versorgen hätte. Als Magd könne ich bei ihm das zum Leben nötige Zubrot verdienen. Ich müsste halt nett zu ihm sein, wie er es ausdrückte".

Da blieb Hias der Bissen im Mund stecken.

„Ja, was kehren da für Sitten ein bei uns! Hat man so etwas schon mal in Vörpnes gehört!", murmelte er ihr zu, innerlich wütend.

Hias schlief schlecht die darauffolgende Nacht. Er kam aus dem Grübeln und auch aus seinem Groll nicht mehr heraus:

„Was ist das nur für ein Mensch, der Magner! Der ist doch mit Martl in der gleichen Klasse in der

Volksschule gewesen, hat als Kind mit ihm gespielt und als Jugendliche haben die beiden zusammen mit der Dorfjugend so einige Streiche aufgeführt und schöne Zeiten erlebt. Wie konnte er nur so werden? Kann ich ihm das noch verzeihen?" Auch seine große Jugendliebe Barbara kam ihm wieder und wieder in den Sinn, eine so schön und innig sich anbahnende Liebesbeziehung, die dieser gefühllose Mensch so brutal beendete. Wie tat das immer noch weh!

Am nächsten Morgen machte er sich auf den Weg zur Alm. Unterwegs hatte er viel Zeit über all das nachzudenken.

„Sollen die ungeschoren davonkommen? Der Polizeichef, der mich nach dem grausam langen Verhör so gefühllos behandelt hatte und der so schnell auf friedliche Menschen schießt, als wären sie Vieh. Und der Magner, dem seine Karriere wichtiger ist als das Leben seiner Mitmenschen! So ein grober Egoist! Da fällt mir das Verzeihen schwer," murmelte er und stieg der Almhütte zu.

Toni wartete schon auf Hias und wollte gleich aufbrechen, um noch bei Tageslicht daheim in Vörpnes anzukommen. Hias belohnte ihn noch mit einem Stück seines Käses und verabschiedete ihn dann.

*

Wenige Tage später:

Hias ging in den Klammwald und holte das Gewehr aus dem Versteck. Den Umgang und die Funktionsweise waren ihm noch einigermaßen in Erinnerung aus den Zeiten seines Militärdiensts. Er hüllte es in eine Decke und schlich mit ihm durch die Schlucht und den darauffolgenden Wald bis kurz vor das Dorf, in die Nähe des Einfamilienhauses, das als Polizeirevier genutzt wurde.

Dieses war in der Regel aufgrund der geringen Bedeutung und Größe des Ortes nur von zwei bis drei Polizisten besetzt. In der letzten Zeit wurde deren Anzahl aber wegen der Unruhen im Land zeitweise auf bis zu sechs Personen verstärkt.

Er drang in das dichte Gebüsch aus Haselnuss- und Hartriegelstauden ein, das oberhalb des Gebäudes am Hang sich ausgebreitet hatte. Von dort beobachtete er das Geschehen am und im Revier. Nach einiger Zeit regte sich etwas. Die Haustür ging auf. Zwei bewaffnete Uniformierte gingen zum davor auf einem kleinen Parkplatz stehenden Geländewagen und fuhren fort. Der Polizeichef war nicht dabei. Nach einer weiteren guten halben Stunde kam das Auto zurück. Die beiden Männer stiegen aus und luden eine Tasche aus dem Kofferraum aus. Der Polizeichef eilte aus dem Haus und ging ihnen entgegen.

„Da habe ich dich vor mir, so hilflos wie mein Bruder vor dir war auf dem Heuwagen", dachte Hias, brachte das Gewehr in Anschlag und sah durchs offene Visier auf den Chef.

„Nun werde ich dir eine Lektion erteilen, die du nicht so schnell vergessen wirst, du Schuft!", dachte Hias, zielte auf eines seiner Beine und drückte ab. Die Polizisten erstarrten vor Schreck, blieben erst fast regungslos stehen. Der Chef zuckte zusammen, die anderen beiden flohen chaotisch ins Haus. Der Angeschossene blieb am Boden kauernd zurück. Hias hatte ihn wohl ganz offensichtlich am Unterschenkel getroffen. Jedenfalls lag er am Boden und jammerte. Er schrie den anderen nach, sie sollten ihm doch helfen. Sie wollten das tun und machten auf der Flucht kehrt. Da drückte Hias noch einmal ab, wobei er aber deutlich hinter den Verwundeten zielte. Die Kugel krachte in das Blech des Fahrzeugs. Ängstlich machten sich die Unverletzten aus dem Staub und verschwanden im Haus. Der Polizeichef schleppte sich, von seinen Kameraden alleingelassen, in die Nähe des Eingangs und schrie dabei weiter laut um Hilfe.

Hias zog sich nun lautlos aus dem Gebüsch in den Wald zurück und machte sich durch unwegsames Gelände aus dem Weg. Um die Verfolger und vor allem die Spürhunde in die Irre zu führen, ging er nicht in Richtung Nordwesten auf die Alm zu, sondern in die fast entgegengesetzte Richtung nach Nordosten. Am Vörpnesbach angekommen sprang er über den dort relativ kleinen Bach und lief weiter auf die der Alm gegenüberlegende Seite des Tales zu, machte nach etwa einer Viertelstunde vor einer Felswand kehrt und ging die gleiche Strecke zurück bis zum Bach.

„Sollen die an, in oder oberhalb der Felswand nach meiner Spur nur suchen! Sie werden sie nicht weiterverfolgen können", dachte er und achtete peinlichst darauf, auf dem Rückweg keine Fußabdrücke zu hinterlassen, die in Richtung Westen zeigten.

Am Bach angekommen stieg er nun im Wasser des Gewässers hoch und musste dabei stets darauf achten, auf den nassen Bachsteinen nicht auszurutschen. Seine Schuhe füllten sich mit kalten Wasser und quietschten bei jedem Schritt. An der Stelle, an der ein Seitenbächlein dieses Gewässers an einem Moor dicht an der Baumgrenze seinen Anfang nahm, verließ er es. Nun schlich er sich entlang der dünn bewaldeten Zone in Richtung Westen auf seine Alm zu. Schon nach kurzer Zeit hörte er etwas unterhalb vor sich im Tal einen Schuss. Der Widerhall grollte von einer Talseite zur anderen.

„Jäger, das muss ein Jäger sein! Vielleicht ist ja gerade eine Jagd im Gange", dachte er und ging vorsichtig um sich blickend weiter. Er wollte das Gebiet, aus dem er den Knall gehört hatte, in ausreichendem Abstand oberhalb umgehen.

„Halt, bleib stehen, Hias!", schrie ihn da plötzlich einer an, der unmittelbar vor ihm hinter einem Baumstamm hervorgesprungen kam. Hias erschrak zu Tode, blickte auf und sah dem Magnerbauer ins Gesicht. Der stand mit angeschlagenem Gewehr und in Jagdausrüstung drohend vor ihm. Hias graute vor dem Blick in den schwarzen Laufs seiner Büchse.

„Wo hast denn du dieses Gewehr her? Du weißt doch, dass es streng verboten wurde, ein Gewehr zu besitzen! Und Jäger bist du auch keiner, also her damit! Oder gehörst du etwa auch zu der Furstinger Bande!? Leg es sofort vor dir nieder, oder ich schieße dich über den Haufen! Das wird mir die Polizei sicher als Notwehr abnehmen!", schrie er in einem hämischen und zugleich arroganten Ton und näherte sich dabei dem Senner.

„Notwehr, war das nicht schon bei meinem Bruder Notwehr!", entgegnete Hias und sein Zorn steigerte sich derart, dass er sichtlich dabei erblasste. Er tat aber so, als ob er dem Befehl Folge leisten und das Gewehr vor sich hinlegen wollte. Als er sich dafür nach vorne bückte, fasste ihn Sepp am Arm, zog ihn zu sich und nahm ihn mit seinem kräftigen Armen in den Schwitzkasten. Hias wurde der Atemluft beraubt und war schon halb ohnmächtig. Da schlug er verzweifelt und mit allerletzter Kraft mit dem Ellbogen in Sepps Oberbauch und drehte sich dabei zur Seite, so dass sie beide zu Boden fielen. Sepp griff nun nach seinem neben ihnen liegenden Gewehr und wollte noch im Liegen auf Hias schießen. Dieser aber packte den Gewehrlauf und richtete ihn auf die Brust des Magnerbauern und schlug mit der anderen Hand auf dessen Unterarm. Ein Schuss löste sich. In der Brust getroffen zuckte Sepp zusammen und ließ das Gewehr fallen. Röchelnd lag er rücklings auf dem Waldboden. Kein Blut drang aus der Einschussstelle, aber Blut floss aus seinem halbgeöffneten Mund, aus dem er etwas stammelte. Hias beugte sich, immer noch nach Luft schnappend, zu ihm, sah in sein schmerzverzerrtes Gesicht und sprach:

„Die Schmerzen, die du jetzt verspürst sind für die, die du mir und vor allem Barbara zugefügt hast und die Todesangst, die dich jetzt peinigt, die hat auch meinen Bruder gepeinigt, als du ihn vor deiner Scheune allein gelassen hast und verbluten ließest." Doch Sepp hörte die letzten Worte nicht mehr.

Hias wischte mit seinem Taschentuch mögliche Fingerabdrücke von Sepps Gewehrlauf und legte es neben den Toten auf den Boden. Dann verwischte er sorgfältig alle Fußspuren mit einem Fichtenzweig und hob sein eigenes Gewehr auf.

Ein weiterer, etwas entfernt unterhalb abgegebener Schuss mahnte ihn zum schnellen Verschwinden. Offensichtlich war eine größere Jagdaktion im Gange. Um dieser jetzt möglichst sicher aus dem Wege zu gehen, schlich er wieder den gleichen Weg am oberen Waldrand zurück. Am kleinen Moor angekommen steckte er das Gewehr am Rande einer Pfütze möglichst tief unter das weiche torfige Ufer in den Schlamm.

„Hier wird man es niemals finden können", war er sich sicher und machte sich so schnell es ging auf den Weg über die baumlosen Almwiesen zur Almhütte.

Der Himmel hatte sich im Laufe des Nachmittags zugezogen und dichter Nebel bedeckte die Alm, als er die Hütte erreichte. Der erste Weg dort war in den Stall, wo die Kühe sich schon eingefunden hatten. Ein frischer Kuhfladen brachte ihn auf eine Idee: Er drückte beide Hände hinein und verschmierte sich anschließend noch die Unterarme. Am Brunnen wusch er sich wieder sauber und ging in die Almhütte. Dort wechselte er sein Hemd und wusch es gründlich. Schmauchspuren sollten an ihm keine gefunden werden, wenn er je als Todesschütze verdächtigt und untersucht werden sollte.

Die folgende Nacht verlief äußerst unruhig. Albträume schreckten ihn häufig auf und in den anschließenden Wachphasen plagten ihn doch Zweifel an der Richtigkeit dessen, was er verübt hatte. Mord, oder war es Notwehr? Ob Sepp wirklich ihn erwürgt oder auf ihn geschossen hätte? War es vielleicht nur eine Drohung ohne Absicht? Immerhin hat er ja noch am Boden liegend auf ihn das Gewehr gerichtet. Die Strafe im Jenseits fürchtete er nicht, weil er nicht an ein Leben nach dem Tod glaubte. Eher plagten ihn Gewissensbisse darüber, dass er der Familie des Magnerbauern Unrecht und Leid zugefügt hatte. Aber der Hass, den er für Sepp empfand, überwog immer noch und gab ihm eine gewisse Rechtfertigung.

Der nächste Tag verlief ruhig. Kein Mensch zeigte sich auf der Alm. Hias verrichtete seine täglichen Aufgaben, musste allerdings ständig an den Tag davor denken.

„War das nun Wirklichkeit oder war das nur ein Traum?" Abwechselnd durchfuhren ihn Zweifel, Gewissensbisse und dann wieder beruhigte ihn die Tatsache, dass er das so nicht gewollt hatte und dass er dem aber in der Situation nicht mehr ausweichen konnte.

Zur Beerdigung des Magnerbauern wurde er am übernächsten Tag von einem jungen Burschen gebeten, der eigens dazu auf die Alm geschickt wurde.

„Er wurde bei der Jagd im Hochwald von seinen Jagdgenossen tot aufgefunden. Sein Gewehr lag neben ihm. Der Schuss traf ihn aus nächster Nähe in der Herzgegend. Ein Jagdunfall könne deshalb ausgeschlossen werden. Man geht davon aus, dass er Selbstmord begangen habe. Alle Indizien sprächen dafür. Eine Patrone fehlte in seiner Büchse. Ballistische Untersuchungen konnten nicht durchgeführt werden, weil man die Kugel nicht gefunden hat. Es war ein Durchschuss und sie liegt wohl irgendwo auf dem Waldboden. Keiner kann sich aber erklären, warum er sich zum Selbstmord entschloss. Anzeichen von Depressionen habe niemand bemerkt, im Gegenteil: Sein Auftreten war wie gewohnt äußerst selbstbewusst und wohl auch manchmal ein bisschen hochnäsig", wusste der Junge zu berichten.

„Am selben Tag ist es außerdem zu einer Schießerei am Polizeirevier gekommen, bei dem der Polizeichef am Bein durch einen Schuss verletzt wurde. Diese Aktion stehe aber sonst in keinem Zusammenhang mit dem Selbstmord von Sepp. Vielmehr sei es wohl aller Wahrscheinlichkeit ein Anschlag der Freiheitskämpfer, die die Staatsgewalt mit derartigen Aktionen verunsichern wollten. Hier war wohl eindeutig die Handschrift der Furstinger Buben zu erkennen. Da sich die Polizisten nach den Schüssen ängstlich im Inneren des Polizeireviers versteckten und sich nicht herauswagten, bis aus der Stadt Verstärkung ankam, hatten die Freiheitskämpfer genügend Zeit, sich in den Wald zurückziehen und unbemerkt zu entkommen. Ja, diese Furstinger Burschen, die lassen sich nicht erwischen", meinte er und ein gewisser Stolz auf seine jungen Landsleute war in seiner Stimme nicht zu überhören.

Hias bedankte sich für die Mühe, bot ihm eine Brotzeit und Buttermilch an und belohnte den Boten zum Abschied, wie gewohnt, mit einem großen Stück Almkäse.

„Ich werde zur Beerdigung des Magnerbauern kommen, muss aber zusehen, dass ich am Abend wieder hier bin, wegen der Kühe", sagte er ihm beim Abschied zu.

Bei der Beisetzung am nächsten Tag verhielt sich der Senner im Hintergrund und den Leichenschmaus ließ er ganz sausen, obwohl ihn Lena bei der Kondolenz am offenen Grab dazu eingeladen hatte. Er musste ja wieder den weiten Weg zurück zur Alm und zu den Kühen, die im Stall auf ihn warteten.

*

Der Sommer auf der Alm verlief danach wie immer. Hie und da ein Jäger, der sich zu ihm hinauf verirrte, ein paar Wanderer, die sich trotz fehlender Wanderwege durchs Gelände wagten und bei ihm kurz Rast machten. So allmählich dachte er schon wieder an den Abtrieb und an das Ende der Almsaison. Da kam noch einmal ein überraschender Besuch aus dem Dorf: Seine Schwägerin Luisa und Lena, die Witwe des Magnerbauern, kamen zu ihm. Lena war in feinem hochgeschlossen Schwarz gekleidet, das nur die reicheren unter den Bäuerinnen besaßen. Nur das Schuhwerk war robuster. Luisa trug dunkle Werktagskleidung und einen kleinen Rucksack auf dem Rücken.

„Hallo Hias! Bist du schon wieder bei der Holzarbeit?", sagte Lena. „Jetzt komm nur mal mit uns in die Hütte. Lass uns ein gutes Glas Wein trinken. Wir sind müde nach dem beschwerlichen Aufstieg. Leiste uns ein bisschen Gesellschaft."

Sie setzten sich an den Küchentisch. Lena packte eine Rotweinflasche aus Luisas Rucksack und schenkte ein.

„Der wird dir auch schmecken. So oft wirst du hier oben nicht in die Lage gekommen sein oder kommen, einen solchen Tropfen zu genießen", sagte sie und sah ihm dabei vieldeutig in die Augen. Das war aber nicht nötig, um Hias an die letzte Flasche Rotwein zu erinnern, die er vor einem guten Jahr mit ihr hier an selber Stelle getrunken hatte. Und das war nicht das Einzige an Genuss, was ihm nun durch den Kopf ging. Er lenkte rasch ab und erkundigte sich, wie es den beiden Witwen ginge, wie sie die Arbeit auf ihren Höfen und ihre Haushalte ohne ihre Männer schafften.

„Ja, das ist schwer", meinte Luisa, die wie gewohnt sich ziemlich wortkarg gab.

„Bei mir ist es wahrscheinlich noch etwas schwieriger", meinte Lena. „Nicht dass es uns wirtschaftlich schlecht ginge! Aber unser Hof ist groß und wir haben viel Personal und nicht alle akzeptieren eine Frau als Bäuerin und Chefin. Ich bräuchte schon Hilfe und wollte dich fragen, ob du nicht bei mir als erster Knecht anfangen könntest, gleich nach dem Abtrieb, noch vor Mariä Lichtmess. Du bräuchtest dich bei mir nicht zu schinden und zu plagen. Ich benötige einen fähigen Verwalter, der den Dienstboten sagt, wo es langgeht."

Hias überlegte nicht lange und sagte zu. Er vereinbarte aber mit Lena, dass man Luisa helfen werde, wenn bei ihr schwere Arbeit anstünde oder Not am Manne sei.

*

So verbrachte Hias den kommenden Winter im Hause des Magnerbauern. Schnell gewann er durch seine korrekte und gerechte Art den nötigen Respekt bei den Dienstboten. Dabei half ihm auch die Unterstützung durch die Bäuerin. Sie überredete ihn im Frühjahr, auch den Sommer über auf ihrem Hof zu bleiben. Er blieb, obwohl er mit Sehnsucht an seine Alm dachte und an die Ruhe in der Hütte, an den Duft der Almblumen und an das vertraute Bild des weidenden Viehs auf den steilen Wiesen.

Das Trauerjahr war kaum vergangen da schlich sich Lena zum Senner in die Schlafstube und legte sich zu ihm ins Bett. Hias war auch nur ein Mensch aus Fleisch und Blut und konnte erneut der süßen Versuchung nicht wiederstehen. Es blieb nicht bei dem einen Mal und eine Schwangerschaft war nur die logische Folge. Es musste also in Bälde geheiratet werden, um die Sache nicht offenkundig werden zu lassen und den Lästermäulern im Dorf nicht zu viel an Stoff anzubieten.

Hias war nun der Magnerbauer.

Am frühen Morgen nach der Hochzeitsnacht lag er wach im Bett. Der Hahn hatte schon gekräht, aber das Sechsuhr-Läuten vom Kirchturm her stand noch aus. Da ging ihm das halbe Leben durch den Kopf:

„Was mag wohl Barbara jetzt machen? Ob sie wohl auch noch so oft an mich denkt wie ich an sie? Wie würde es wohl meinem Nachfolger, dem neuen Senner, auf der Alm ergehen? Und Luisa, ganz allein, schafft sie alles? Und immer noch diese Unruhen, mal hier mal dort. Wie gut sich wohl der Polizeichef von seinem Beinschuss erholt haben mag? Ob die Lektion hilfreich war oder ihn noch schussfreudiger gemacht hat, als er ohnehin schon war?

Was steht heute an Routinearbeiten am Hof an? Welche Arbeiten teile ich wem zu? Wie gemütlich war es doch auf der Alm! Keine Hektik, kein Getriebenwerden, keine Termine, außer denen, die ich mir selber setzte. Jetzt habe ich zwar Geld und Ansehen. Aber was bringt mir das? Wie schön fühlte sich doch der kühle Abendwind auf der Höhe an! Wie gut schmeckte doch das einfache, selbst bereitete Essen und die frische Buttermilch!

Aber hier habe ich eine Familie, eine Frau und bald zwei Kinder! Eigene Kinder aufwachsen zu sehen, ist das nicht ein Geschenk, das all dies bei weitem aufwiegt!"

Herstellung und Verlag:
BoD - Books on Demand, Norderstedt
ISBN 978-3-7431-7880-9

In solchen Gedanken versunken schlief Hias nochmals ein, fiel dabei aber alsbald in einen Traum:

„Er befand sich in einem langen, trostlosen Gang, wie es sie wohl nur in einem Krankenhaus oder einem Gefängnis geben mag. Ein Schatten tauchte hinten im Gegenlicht auf, ging auf ihn zu und blieb vor ihm stehen. Es war Sepp. Regungslos baute er sich vor ihm auf. Kreidebleich, gespenstisch und ohne Mimik starrte er ihn an und sagte kein Wort. Blut tropfte aus seinen weit geöffneten Augen und die Tropfen liefen über seine Wangen und spritzten vor ihm auf dem Fliesenboden auf."

Der Schrecken fuhr Hias in alle Glieder. Er erwachte mit ängstlichem Schauer aus dem Schlaf und sah sich verwirrt um. Lena lag ruhig atmend mit im Schlaf geschlossenen Augen friedlich neben ihm im Ehebett. Er kroch zu ihr unter das weichwarme Federbett, umschlang seine Braut und streichelte ihren Bauch, der noch nichts von der Schwangerschaft verriet.

Lena drehte sich schlaftrunken zu ihm um und fühlte sich so richtig wohl in seiner Umarmung, aber der laute Klang der Kirchenglocken rief beide aus dem Bett und läutete den nächsten Arbeitstag auf dem Magnethof ein.